ДЕТЕКТИВ-

ВИТАЛИЙ ЕГОРОВ

ПРОКЛЯТАЯ ГОРА

Москва 2022

УДК 821.161.1-312.4
ББК 84(2Рос=Рус)6-44
Е30

Егоров, Виталий Михайлович.

Е30   Проклятая гора / Виталий Егоров. — Москва : Эксмо, 2022. — 288 с. — (Детектив-реконструкция. Написан офицером полиции).

ISBN 978-5-04-159461-9

В убойный отдел Якутска пришла заплаканная жена директора рынка и рассказала, что ее муж Серафим поздним вечером вместе с другом отдыхал дома, как в дверь позвонили. Женщина не видела, кто пришел, но минуту спустя мужчины оделись и вышли из квартиры... Пошли уже третьи сутки, как от мужа не было никаких вестей. Два человека пропали бесследно.

Через неделю изуродованные тела Серафима и его друга нашли у подножья горы Чочур-Муран. И никаких зацепок! Намечался очередной «глухарь». Несколько месяцев спустя у подножья мистической горы был обнаружен еще один труп. А зимой там нашли человека с размозженным черепом. Но это было только начало...

УДК 821.161.1-312.4
ББК 84(2Рос=Рус)6-44

ISBN 978-5-04-159461-9

Предисловие

В долине Туймаада, на левом берегу реки Лены, недалеко от города Якутска, возвышается гора Чочур-Муран (по-якутски — Чочур Мыраан, что дословно переводится как «остроконечная сопка»).

Это место овеяно легендами и сказаниями, свидетельствующими о становлении и величии народа, населявшего бесконечные просторы сурового и холодного края.

По преданиям, у подножия этой горы прародитель народа саха Элляй Боотур впервые устроил праздник Ысыах[1], здесь не раз ступала нога великого Тыгына, собирающего свою рать для походов и битв.

---

[1] Ы с ы а х (буквально — «изобилие») — якутский национальный праздник, связанный с культом солнечных богов и плодородием земли, отмечается в период летнего солнцестояния.

Что в этих преданиях правда, а что вымысел — теперь однозначно утверждать невозможно, но от того не блекнет величественный ореол, без сомнения, знакового для якутян места.

Если спуститься с горы, перейти поле и миновать перелесок, то выйдешь к одноименному озеру Чочур-Муран.

Прогуливаясь по этим местам, перед нашим мысленным взглядом живо представляется картина, как великий Тыгын Дархан с думами о предстоящих походах и битвах с вершины Чочур-Мурана сурово взирает на долину Туймаада, как внизу на лугу у подножия горы размеренно пасутся лошади и коровы, рыбаки торжествуют у озера, радуясь богатому улову...

Пройдя немного дальше, мы оказываемся возле озера Ытык-Кюель: прямо на берегу — ураса[1], рядом женщина в одежде из сы-

---

[1] Ураса — тип старинного летнего жилища якутов, конусообразный шалаш из жердей, обтянутый берестой.

ромятной кожи, сидя на камне, деревянным гребнем расчесывает волосы маленькой девочке. Чуть в стороне седой старик толчет в ступе какое-то зерно, изредка поглядывая на вершину Чочур-Мурана. Вдруг старик выпрямляет натруженную спину, прислушиваясь к надвигающемуся шуму — то загудела земля под копытами множества лошадей. Это воины Тыгына сбиваются в отряды для предстоящего похода.

Много здесь было пролито крови, и однажды повелитель горы объявил, что отныне Чочур-Муран — священное место, приближаться к нему можно только с миром и добром; у кого черная душа и злые намерения, лучше обходить его стороной. Тех же, кто ослушается и нарушит волю повелителя, неминуемо будет ждать погибель.

Прошли сотни лет.

Гора была очевидицей великих свершений народа, населяющего прекрасную Туймааду. Она жила чаяниями и надеждами людей, со смиренной благостью принимая в свое лоно всех, кто приходил к ней с добрыми помыслами и делами, чтобы отдохнуть и отвлечься от суетного шума большого города, в тиши природы поразмыслить о смысле жизни.

Но с былых времен до нынешних Чочур-Муран не изменил своему повелению: того, кто пришел к ней с лихими замыслами убивать, самого постигнет злая участь.

Роковое назначение

1

Город жил своей жизнью.

Отгремела первая половина девяностых годов — апогей смутного времени. Уже не рыскали по городам и весям откровенные банды, упивающиеся своей беспредельной вседозволенностью и с высокой колокольни плюющие на стражей порядка. Выжившие в жестокой войне банд стали трансформироваться в добропорядочных коммерсантов и предпринимателей, в моду входило меценатство — попытка вчерашних братков благотворительностью очистить перед Богом душу, искупить таким образом свою вину за погубленные жизни.

Разграбленная под видом «приватизации» страна лежала в руинах. Заводы и предприятия, созданные несколькими поколениями отцов и дедов, в одночасье оказались в руках ушлых предпринимателей и всевозможных дельцов. Те, в свою очередь, расплачивались жизнью, чтобы удержать в своих руках награбленное, — пошел очередной виток передела собственности.

Эта кровавая мясорубка не щадила и молодых людей, искренне желавших изменить ситуацию в лучшую сторону и невольно вовлеченных в эту опасную круговерть.

* * *

Совещание в администрации города началось с вопроса о рынках. Ее глава, немолодой уже мужчина, до избрания на эту должность всю жизнь проработавший в строительстве, бывший крупным хозяйственником, сегодня решил посвятить этому вопросу достаточно времени, поскольку проблемы с рынками начали беспокоить не только его, но и население города. В том, что касалось строительства, равных главе не было, но когда речь заходила о торговле и предпринимательстве, он пасовал. Ему, чья трудовая жизнь большей частью пришлась на советское время, было трудно смириться с надвигающимся капитализмом, самые уродливые формы которого внедрялись теперь в России. По этой причине решение вопросов, связанных с рынками, он делегировал правовому управлению администрации. Представителю этого управления он и дал первое слово.

— Товарищ Селезнев, давайте доложите нам о состоянии дел на рынках, в первую очередь на Центральном: какие финансовые поступления идут в бюджет города, какие кадровые перестановки собираетесь провести, осветите, так сказать, основные проблемы. — Глава администрации кивком головы пригласил докладчика к трибуне.

— Уважаемые коллеги, — начал свой доклад Селезнев, — вопросы рынков в администрации стоят очень остро. В городской бюджет деньги практически не поступают, эти объекты не могут обеспечить даже свое существование — за электричество и тепло последние полгода платит администрация. Я считаю, что деньги утекают на сторону, до кассы не доходят. Поэтому наше предложение — сменить руководителей рынков...

— И какие у вас кандидаты? — остановил докладчика глава. — Есть конкретные лица?

— По Центральному рынку кандидат имеется: Алексеев, молодой, перспективный парень, готов в корне поменять обстановку на рынках. По другим рынкам еще подбираем кандидатуры.

— Хорошо, продолжайте, — согласился с предложением Селезнева глава.

Когда Селезнев закончил доклад и сел на место, слово взял помощник главы, отставной полковник милиции Васнецов. Он долгое время служил в органах, главу знал и дружил с ним еще с советских времен. Поэтому, когда вышел на пенсию, тот предложил ему должность своего помощника, курирующего связи администрации с правоохранительными органами. Васнецов был опытный милиционер. Глава прислушивался к его мнению, особенно в отношении правопорядка и безопасности.

— Уважаемые товарищи, — обратился к собравшимся Васнецов, — рассматриваемый вопрос очень серьезный. Сегодня, здесь, мы должны окончательно его решить, дальнейшее промедление убийственно...

— И кого же собираются убивать? — бросил язвительную реплику с места Селезнев, прервав на полуслове Васнецова. — Выражайтесь почетче!

— Я, конечно, понимаю озабоченность товарища Селезнева, — продолжил отставной полковник, — но одно мне непонятно: почему вопросы рынка попали в ведение правового управления. Ведь для этого существует управление, курирующее торговлю. Давайте тогда ликвидируем эту структуру по торговле — зачем она нам? Есть же правовое управление, пусть оно и ведает торговлей!

Слова Селезнева задели докладчика, и он озвучил то, о чем не собирался высказываться на совещании.

— Я считаю, — продолжил Васнецов, — что тут кроется чья-то заинтересованность, определенным кругам не нужна стабилизация на рынках, они хотят половить рыбку в мутной воде.

— Какие у вас предложения? Огласите их, — остановил его глава, не желая, чтобы Васнецов слишком откровенничал. Ему не хотелось выносить сор из избы: в зале находились корреспонденты местных газет, неподконтрольных главе, которые завтра же растрезвонят о безобразии, которое творится на городских рынках.

— Самое первое, что надо сделать, — убрать наличность с рынков.

Часть присутствующих в зале одобрительно загудела.

— Что мы сейчас наблюдаем? — продолжал Васнецов. — Контролеры рынков собирают с торговцев наличные деньги; сколько они собрали денег и сколько внесли в кассу — сам черт не разберет. Если мы сломаем эту систему, на рынках воцарится порядок. Одним словом, надо устранить причины и условия, способствующие возникновению криминала на рынках, — выразился он по привычке протокольным милицейским языком. — Торговцы напрямую должны вносить деньги в кассу, у них на руках должен быть только чек об уплате за место — и ничего больше. А контролеры должны лишь следить за порядком. Я изучил другие регионы, там такое уже практикуется, нам надо последовать их примеру. А насчет кадровых назначений могу сказать следующее: Алексеев хороший, честный парень, но, если систему не поменяем в корне, он ничего не сможет сделать с рынками. Да и опасно его одного пускать на это дело — на рынках неспокойно, вокруг крутятся темные люди, желающие полакомиться дармовщиной. Как бы не подставить парня... Дать бы ему в помощники отставного милиционера или прокурора, чтобы никто даже не подумал подкатить к нему с наездами.

— Вот вы и идите к нему в помощники, — опять съязвил Селезнев с места, на что получил замечание главы:

— Вы, товарищ Селезнев, прекратите паясничать, не разводите здесь балаган, вопрос очень серьезный. Надо принять доклад Васнецова к сведению. В течение десяти дней представьте мне докладную о том, какие способы видите, чтобы убрать наличность с рынков. Также необходимо посмотреть, кого назначить помощником к Алексееву, — затея действительно опасная. — Глава замолчал, собираясь с мыслями. — А рынки мы никому не отдадим. Это живые деньги, они очень нужны бюджету города, а то тут ко мне подходили представители определенных кругов с предложением передать Центральный рынок в частные руки. Официально заявляю: пока я здесь сижу, рынки будут принадлежать городу!

2

Серафим Алексеев ехал домой в приподнятом настроении. Он работал в администрации города больше года, освоился в коллективе и полюбил свою работу. Руководство относилось к молодому сотруднику с уважением за трудолюбие и новизну взглядов. Когда его вызвали в правовое управление и предложили навести порядок на Центральном рынке, он это предложение принял сразу. Сегодня он присутствовал на совещании у главы администрации, где слова Васнецова о ликвидации оборота наличных денег крепко засели у него в голове.

«Ведь я тоже так думал, только не представлял, как все это осуществить быстро. Теперь этот вопрос приобретет официальный статус, будет закреплен распоряжением главы. А это уже серьезное основание для осуществления своих начинаний. Только почему, действительно, рынками занимается правовое управление? И про оборот наличности там молчат. О чем они думают, кому это выгодно? Ладно, разберемся по ходу работы», — думал он, подъезжая к дому.

Первый день своей работы на рынке Серафим начал с общего собрания, куда был приглашен весь коллектив предприятия. Начальник правового управления администрации представил его работникам рынка. После знакомства Серафим взял слово:

— Уважаемые работники, я назначен директором рынка, глава доверил мне этот ответственный пост, и я постараюсь оправдать доверие. Городские рынки переживают тяжелые времена, преступные элементы пытаются навязать здесь свои условия, денежных отчислений в бюджет города от дохода рынка почти нет. Надо полагать, что не все деньги доходят до кассы, а оседают в карманах определенных лиц. Отныне я приказываю контролерам следить только за порядком на рынке. Финансовые вопросы вас не должны касаться, скоро выйдет распоряжение главы о прекращении оборота наличных денег. Каждый торговец будет сам платить за свое место в кассе, и ему на руки будет выдаваться соответствующая квитанция. Контролеров обязую следить, чтобы со стороны никто не приходил и не облагал данью торговцев и не брал продукты и товары бесплатно. С этим я буду бороться жестко. Кто не хочет работать в моей команде, прошу сегодня же написать заявление об уходе, я подпишу. Вопросы есть?

В кабинете воцарилась гробовая тишина. Наконец встала женщина с усталыми глазами и робко задала вопрос:

— А зарплату когда будете выдавать?

— А сколько месяцев не получаете? — спросил ее Серафим.

— Уже три месяца.

— Как нам жить, чем кормить семью? — встала вторая женщина, а за ней принялись роптать и другие женщины.

Серафим не ожидал такого. Ситуация на рынке, за состояние дел которого он теперь полностью отвечал, оказалась куда сложнее. И только что была озвучена одна из самых острых проблем.

— Давайте так, — Серафим попытался успокоить женщин, действительно оказавшихся в тяжелом положении, — я на днях доложу главе о нашем разговоре и потороплю его с внедрением безналичного расчета с торговцами. Тогда в кассе появятся деньги, оттуда и будем выдавать зарплату.

— Давно пора! — наперебой заговорили женщины. — А то эти контролеры собирают деньги, а куда они потом деваются, никто не знает! Надо установить, наконец, порядок!

Дома Серафим допоздна не мог уснуть, думая, как наладить работу рынка, размышлял о том, что еще такого предпринять, чтобы людям было приятно заходить в это место не только за покупкой, но и так, прогуляться и прицениться к товару, обходя красивые торговые ряды. Одним словом, планов в голове было множество.

На третий день работы после обеда в кабинет к Серафиму зашел незнакомый человек и представился:

— Меня зовут Сазонов Сергей, я хочу поговорить с тобой насчет рынка и как нам дальше жить.

Серафиму сразу не понравились бесцеремонность и фамильярность, с которыми к нему обратились, но он решил выслушать посетителя.

— Только, пожалуйста, покороче, у меня срочные дела, — поторопил он Сазонова.

— Меня тут еще никто не торопил, потерпи и послушай мои предложения, а они очень выгодные и рациональные, — выговорил тот грубо и наставляюще, — от них трудно отказаться.

— Время не терпит, — повторил Серафим. — Изложите побыстрее ваши предложения.

Сазонов, недовольный, что не смог с ходу подмять нового директора рынка, начал объяснять цель своего визита.

— Я известный в городе человек, — Сазонов горделиво выпятил грудь, — со мной считаются «черные», я хорошо знаком с блатным миром. Здесь нужна «крыша», иначе тебя сомнут. Возьми меня своим заместителем, я буду контролировать черный нал, оба будем в шоколаде...

— Постойте, вы мне предлагаете воровать? — перебил его Серафим. — Рынок и так стоит на коленях, своровали все, что можно. Отныне здесь будут другие порядки, такое понятие, как «черный нал», уйдет в прошлое. Я не нуждаюсь в подобных вам заместителях, поэтому извините, у меня сейчас совещание, попрошу покинуть кабинет.

— Хорошо, я уйду, но когда у тебя начнутся проблемы, сам приползешь ко мне на коленях, — бросил Сазонов, направляясь к двери.

Серафима обуяла ярость от слов этого самодовольного и наглого посетителя, захотелось подскочить к нему и проучить за дерзость, благо первый разряд по боксу позволял, но, вспомнив, что является официальным лицом, он сдержался от необдуманного поступка.

— Вы мне угрожаете? — процедил он сквозь зубы.

— Упаси господи! — ответил Сазонов. — Угрожать будут другие. — И, сильно хлопнув дверью, вышел из кабинета.

Серафим тут же хотел позвонить Васнецову и рассказать о наглом визитере, но его что-то остановило. «Еще не успев поработать толком, начну жаловаться по каждой мелочи. Таких инцидентов надо было ожидать. Ничего, сам разберусь, а криминал с рынка уберу», — думал он, потихоньку успокаиваясь.

Через два дня после этого случая Серафим не явился на работу. Сотрудники рынка ждали его целый день, пытались связаться с ним по телефону, но он точно сквозь землю провалился. Озадаченные, вечером они закрыли рынок и разошлись по домам. Но и на следующее утро Серафима не было на работе, а когда после обеда на рынок пришли милиционеры, от них и узнали, что он пропал без вести. Вместе с ним пропал и его друг.

«Глухарь»

1

Начальник убойного отдела городского управления Владлен Семенович Димов во время перерыва на обед решил отдохнуть в кабинете. Есть не хотелось, и он вместо обеденного сна, который иногда практиковал на рабочем месте (когда еще поспишь — неизвестно), занялся кроссвордом, который уже месяц лежал нетронутый на его столе. В помощники к нему тут же присоединился его заместитель — Анатолий Кокорин, который уже успел отобедать в эмвэдэвской столовой и был в прекрасном расположении духа.

Анатолий заместительствовал у Владлена уже два года. Ранее он работал начальником уголовного розыска одного из городских отделов милиции. После того как он раскрыл запутанное убийство, вызвавшее в городе большой скандал, Димов позвал его к себе в заместители, и Анатолий с удовольствием принял предложение. Его отличительными чертами были острый ум, тонкий юмор и интеллигентность. Это редкое сочетание интеллигентности с профессией сыщика в лице Анатолия многим импонировало, в том числе и Владлену.

— Ну-ка, Толя, что за крупная лесная птица из семейства фазановых, семь букв? — спросил он Кокорина, удобно развалившись на кресле. — Может, перепел?

— Нет, перепел не крупная птица, малюсенький он, как цыпленок. — Анатолий руками показал, какого размера перепел. — Большая птица, большая птица... — Анатолий размышлял вслух и вдруг воскликнул: — Глухарь — вот кто!

— Точно, все сходится, — ответил Владлен, вписывая буквы в квадраты. — Не к добру мы разгадали это слово, как бы «глухарь» не подкинули нам сегодня.

— Тьфу-тьфу-тьфу, чтобы не сглазить. — Анатолий встал и направился к двери. — Лучше пойду работать.

Когда закончилось обеденное время, в коридоре стало шумно: сотрудники возвращались на свои рабочие места. Владлен отложил в сторону не до конца разгаданный кроссворд и только открыл оперативное дело, как в кабинет зашел Кокорин.

— Влад, начальник криминалки нас с тобой вызывает: какие-то люди пропали. По-моему, случай серьезный.

Обычно лишь в одном случае из десяти пропавший человек становится жертвой преступника. В остальных же девяти он либо загулял, либо ушел, не предупредив своих родичей, либо стал жертвой несчастного случая: утонул, заблудился в лесу, потерял память и т.п. Был даже прецедент, когда пропавший пролежал несколько лет мертвым на чердаке своего дома, упав там, очевидно, от сердечного приступа.

Пропавшими без вести занималось специальное подразделение, и то, что начальник криминальной милиции вызвал «убойников», говорило о том, что дело действительно серьезное.

У начальника сидела молодая женщина с распухшими от слёз глазами. Он представил ей вошедших Владлена и Анатолия:

— Вот, познакомьтесь — это начальник отдела по раскрытию убийств Димов и его заместитель Кокорин. Расскажите им всё, что мне рассказали, может, дополнительно вспомните факты. — И, уже обращаясь к Владлену, приказал: — Возьмите гражданку к себе в кабинет и хорошенько поговорите. Люди как-то странно пропали, не могли они так просто пропасть. Короче, разберитесь и доложите.

В кабинете Владлен налил гражданке стакан воды. Почти во всех детективных фильмах следователь или сыщик подаёт допрашиваемому воду. Димов только с годами понял, что в этом есть рациональное зерно. Подача воды, чая, морса — неважно чего — помогает установить доверительные отношения, а не просто удовлетворяет физиологические потребности организма собеседника, как, например, утолить жажду, смочить пересохшее горло. Одним словом, тут замешана тонкая психология, и Владлен охотно взял на вооружение этот метод общения с гражданами.

Женщина отпила воды, поправила волосы, достала из сумочки зеркальце, смотря в него, вытерла глаза носовым платком и задала вопрос:

— Что, можно начать?

— Да, мы вас слушаем, — ответил ей Анатолий. — Не торопитесь, вспоминайте все мелочи, это очень важно.

— Меня зовут Виктория. С Серафимом мы живем вместе три года. У нас имеется совместный ребенок, мальчик, два года. Год назад Серафим устроился работать в администрацию города, работу любит и успел за короткое время заслужить там уважение. Примерно неделю назад он пришел с работы радостный, сообщил, что ему предложили стать директором Центрального рынка. Я испугалась — слышала ведь, что на рынках идет война, так что наверняка очень опасно быть там директором. Но Серафим ничуть не колебался, успокоил меня, что все будет хорошо, что глава администрации скоро устранит причины, из-за которых идет война на рынках, и заверил, что ему дадут в помощники отставного милиционера или прокурора. Планов у него было много, он хотел сделать рынок цивилизованным местом, куда горожане смогут приходить уверенные, что их не обманут и не оскорбят. Позавчера, в воскресенье, к мужу приехал с района его друг, Сережа Попов, они вместе учились, после школы продолжали дружить...

Виктория прервала рассказ, отпила воды из стакана, еще раз посмотрела на себя в зеркало и продолжила:

— Часа в три — в четыре в дверь позвонили. Я возилась с ребенком, поэтому на звонок не отвлеклась, решила, что это друзья Серафима. Серафим что-то ответил пришедшему человеку, не пригласил его в квартиру, а, прикрыв входную дверь, направился в зал, где сидел Сергей. Я четко слышала, как он сказал: «Сергей, пойдем со мной на улицу, это недолго». Они оделись и вышли. Больше я их обоих не видела, уже почти двое суток...

Глаза Виктории вновь наполнились слезами, она отвернулась, вытирая их платком.

— Может, парни решили немного расслабиться? — задал вопрос Анатолий. — Бывало такое, что муж уходил из дома на несколько дней?

Женщине, очевидно, не понравился вопрос, она выпрямилась, щеки ее зарделись, и она с обидой в голосе ответила:

— Серафим не такой, если бы ничего не случилось, он обязательно пришел бы домой!

— Извините, — Кокорину стало неудобно, что он своим вопросом невольно обидел несчастную женщину, — нам надо исключить все другие версии, чтобы сконцентрироваться на основной. Еще раз извините.

— А что за основная версия? — Женщина вновь поставила Анатолия в трудное положение.

«Если Толя сейчас скажет, что основная версия — это убийство, то с женщиной дальше разговаривать будет невозможно: истерика, плач, возможно, обморок», — мелькнуло в голове у Владлена, и он решил помочь Анатолию:

— Виктория, основных версий много: они могли пойти в лес и там заблудиться, может, уехали куда-нибудь по делу и не имеют возможности вернуться — видите, какие дожди были, кругом все развезло. Короче, версий много, будем проверять все.

— Как они могли уехать, не сообщив об этом мне? — недоуменно проговорила Виктория и замолкла.

— Виктория, а кто-нибудь ему угрожал? — спросил ее Владлен.

— Нет, никто. Хотя, если даже кто-то угрожал бы, он об этом мне никогда бы не сказал, чтобы я не беспокоилась. Все было хорошо — у него настроение было приподнятое. Что случилось — не знаю.

— А в окно вы смотрели, видели там кого-нибудь? — спросил ее Анатолий. — Окна выходят во двор?

— Да, выходят, но я не смотрела в окно, но думаю, что была машина. Наша же машина стояла во дворе, и если бы нужно было куда-то ехать, то муж поехал бы на своей. Значит, они с Сережей сели в другую.

— Виктория, езжайте домой, ждите милиционеров, — закончил беседу Владлен. — Они скоро приедут, будут обходить квартиры вашего дома. Вдруг кто-то что-то видел, возможно, найдутся свидетели.

— Хорошо, я буду ждать.

Женщина встала и неслышными шагами вышла из кабинета.

2

Владлен послал Кокорина с двумя оперативниками к дому пропавшего, а сам отправился на рынок.

Сначала решил поговорить с работниками рынка. У одной из женщин оказались ключи от кабинета директора, Владлен попросил ее открыть помещение и бегло осмотрел его, не найдя ничего такого, что пролило бы свет на загадочное исчезновение. Тем временем в кабинете собрались три женщины и мужчина-контролер, которые молча ждали, когда Владлен закончит осмотр.

— Вспомните, пожалуйста, как прошел последний рабочий день вашего директора, — обратился к ним Владлен. — Может, вы заметили что-то подозрительное? Может, к нему кто-то приходил? Какое у него было настроение?

— Все было как обычно, — ответила одна из женщин. — Он сидел в кабинете до закрытия рынка, а потом ушел домой. Перед уходом дал указание подмести полы между торговыми рядами. Настроение было нормальное, ничего такого необычного в его поведении я не заметила.

— Насчет посетителей. Кто-нибудь к нему приходил в тот день? — повторил Владлен свой вопрос.

— Были посетители, в основном торговцы, — ответил контролер. — Учет посетителей пока не ведется, нету секретаря.

Поговорив еще немного с работниками и некоторыми торговцами рынка и не узнав ничего интересного, Владлен вернулся в управление.

К вечеру подтянулись ребята, которые обходили дом пропавшего.

— Толя, каковы результаты? — встретил Владлен Кокорина вопросом. — Я на рынок съездил впустую, ни одной зацепки.

— Похвастаться тоже нечем, — огорчил его Анатолий. — Никто не видел пропавшего и его друга во дворе, постороннюю машину тоже никто не заметил. Поразительно, ни одного свидетеля! Может, жена все-таки что-то недоговаривает?

Владлен понимал Анатолия. В таких серьезных происшествиях надо проверять всех, кто связан с пропавшими. Был случай, когда одна особа так убивалась перед операми, изображая неподдельное горе по поводу исчезновения благоверного, что ей поверили, более того, посвящали ее в подробности расследования. Каково же было удивление сыщиков, когда выяснилось, что она же с любовником и убили несчастного мужа и закопали в огороде.

— В конкретном случае что-то непохоже, чтобы жена была замешана, — отметил Владлен. — Не та эта женщина, чтобы пойти на преступление. По ней же видно, что у нее действительно горе.

— Да, я понимаю, — согласился Анатолий, — женщина действительно сильно переживает, да и ребенок остался...

— Почему мы все время говорим про убийство? — Владлен пытался утешить себя и Анатолия надеждами. — Может быть, они живые, где-то гуляют, нашли девок и отрываются.

Опытный Анатолий закряхтел, выражая сомнение:

— Вряд ли...

* * *

Через неделю нашли тела Серафима и Сергея.

Участковый инспектор милиции Лавров в выходные решил с детьми сходить на Чочур-Муран — отдохнуть да заодно заготовить несколько веников для бани. Прогуливаясь по лесу, в распадке он наткнулся на страшную находку — рядом лежали два трупа, наспех закиданные ветками.

Когда дежурный позвонил Владлену и сообщил, что обнаружены два неопознанных трупа, что собирается следственно-оперативная группа и надо выделить оперативников, у того екнуло сердце: «Они!»

В коридоре он столкнулся с Кокориным.

— Толя, их обнаружили на Чочур-Муране, давай поехали.

— А это точно они? — Анатолий до конца не верил в происходящее. — Дежурный мне тоже сообщил, только говорит, что трупы неопознанные. Откуда ты взял, что они наши?

— Наши, Толя, наши, больше некому быть, не каждый день два трупа обнаруживаются вместе, — ответил ему Димов, шагая в сторону дежурной части.

— Да, так и есть, наверное, — согласился Анатолий, следуя за Владленом. — Поехали.

Возле пропускного пункта ботанического сада машину остановил сторож. Владлен решил тут же его и опросить.

— Здравствуйте, мы из милиции, — представился он. — Едем на гору. Скажите, неделю назад, двадцатого июня, кто здесь дежурил?

— Двадцатого июня, двадцатого июня... — Сторож задумался, обратив глаза к небу. — Я же и дежурил, у меня сутки через трое. Что, этих убили тогда, двадцатого?

— Ах, вы уже знаете про убийство! Кто успел сообщить?

— Да тот, кто их обнаружил, он мне и рассказал, когда проезжал мимо. Он же милиционер, по-моему.

— Да, участковый, — ответил Владлен. — Ночью как охраняется ботанический сад, строго?

— Скажу честно, ночью он не охраняется никак. Днем только смотрим, чтобы не своровали растения. Ночью спокойно проезжай.

— Интересно у вас устроена охрана, — удивился Владлен, садясь в машину. — Пока никуда не уходите, на обратном пути, возможно, вы нам понадобитесь.

Машина, миновав перелесок, оказалась на поле у подножия Чочур-Мурана.

Гора встретила оперативников величественной красотой, вызвав в душе у Владлена некое трепетное почтение. Был полдень, солнце до боли в глазах рассыпало ослепительные снопы света.

Владлен благоговел перед Чочур-Мураном, эти чувства одолевали его неспроста, на то были причины. Ровно год назад на этом месте произошли события, заставившие его по-новому взглянуть на эту священную гору.

Стоя у ее подножия, он вспоминал тот день.

3

Было утро выходного дня. Владлен занимался бумажной работой, приводя в порядок секретные оперативные дела. Ожидалась комплексная проверка из Москвы, поэтому все, будь то опер, участковый или штабист, подшаманивали свои дела, забыв про отдых и прелести дачной жизни. Около десяти часов позвонил дежурный:

— Семеныч, тебя вызывает начальник УВД, зайди к нему срочно!

Димов быстро собрал дела, закрыл их в сейф и явился к начальнику УВД.

— Владлен Семенович, срочное дело! — встретил его встревоженный начальник. — Идем к министру. Ты сможешь быстро собрать оперов?

— Конечно, соберу, они все здесь, по кабинетам сидят, работают. А что случилось?

— Сам не знаю, он позвонил и вызвал меня и начальника криминалки. Этого нет в городе, поэтому ты пойдешь вместо него. Еще генерал приказал человек восемь оперативников держать наготове.

Терзаемые догадками, они вдвоем направились в министерство.

Министр в кабинете был один, начальник УВД доложился:

— Товарищ генерал, полковник Никандров по вашему приказанию прибыл!

— Садитесь, сейчас все расскажу, времени в обрез. На меня только что вышел водитель президента и поставил перед фактом. Короче, президент и министр культуры собираются в два часа дня посетить гору Чочур-Муран. Президент об этом меня не предупреждал, поездка внеплановая, он и не хочет, наверное, чтобы там мелькали милиционеры. Водитель своим звонком подстраховался — беспокоится, чтобы на горе не было пьяных компаний и случайного народа. Надо туда бросить оперативников в штатской одежде, пусть там сориентируются, уберут нежелательных людей. Если будут семейные с детьми — те пусть отдыхают, а вот остальных чтоб не было. Сотрудников надо расставить так, чтобы они не бросались в глаза. Снимитесь только тогда, когда президент уедет с горы. Еще: они планируют пешком дойти по вершины. Приказываю к этому мероприятию отнестись очень серьезно: президент тоже человек, в своем плотном графике работы выкроил время, чтобы немного отдохнуть на природе, отвлечься от государственных дел. Давайте постараемся, чтобы ему было там комфортно. Но только предупреждаю: президент не должен вас заметить, он не знает, что там будет охрана, он не просил меня об этом, — строго выговорил министр, грозя пальцем. — Знает только водитель президента. Я надеюсь на вас, оперативников, — четко обозначил каждое слово генерал, обратив взор на Владлена. — Вы, я думаю, не засветитесь перед президентом, в отличие от других служб. Когда все закончится, доложите мне.

Простые милиционеры уважали президента. От него исходила неподдельная, трогательная и по-настоящему отеческая строгость и справедливость в отношении милиции. Однажды Владлен испытал это на себе. У президента было созвано срочное совещание по проблемам безнадзорности детей. Не найдя никого на месте, начальник УВД взял с собой на это мероприятие Димова. Собралось человек двадцать чиновников, отвечающих за это направление работы. Во вступительном слове президент несколько раз упомянул про увеличение числа беспризорных детей. Строгая женщина в не менее строгом костюме — как позже Владлен понял, министр образования — в своем выступлении поправила президента, сказав, что слово «беспризорник» сейчас не в обиходе, теперь говорится «безнадзорные дети», и возложила ответственность за создавшуюся проблему, как всегда, на МВД. Президенту не понравился ее доклад, он отметил, что беспризорность, пусть даже сменившая с легкой руки чиновников свое название на более благозвучное, — это социальное явление, и здесь в первую очередь должны работать гражданские институты, а уж потом МВД. Когда же министр образования, несогласная с мнением президента, начала с ним пререкаться, он выставил ее за дверь.

После этого случая Владлен сильно зауважал президента.

Поэтому приказ министра об охране президента он принял за честь и со своими операми срочно выдвинулся к Чочур-Мурану.

Обследовав прилегающую к горе местность, Владлен не без удовлетворения отметил отсутствие людей, что было удивительно для выходного дня. Проинструктировав оперативников — а их было восемь человек, — он расставил всех по местам.

До двух часов дня было еще далеко, поэтому Владлен с Кокориным, коротая время, решили подняться на вершину — ведь они там еще ни разу не были.

Когда, запыхавшиеся и усталые, они наконец забрались на самую высь, перед ними открылась удивительная картина Туймаады, плавно уходящей за горизонт. Внизу в легкой дымке расстилался город, вокруг которого среди зелени были разбросаны дачные участки. Виднелось озеро.

Сыщики, опершись о бетонную тумбу, вмонтированную, очевидно, геологами или геодезистами, отдыхали, наслаждаясь красотой природы.

Вдруг Владлен заметил сверху, как из-за леса выезжает машина и направляется в сторону горы. Президентская машина! Владлен судорожно глянул на часы — около часа дня. Схватив рацию, он быстро связался с притаившимися в лесу в районе поселка Геологов дэпээсниками, которые должны были его предупредить, что машина президента проехала мимо них.

— Десятый, десятый, я шестой, прием!

— Десятый на связи, — откликнулись гаишники.

— Вы что, дорогие мои, спите? Машина уже на поляне!

— Нет, мимо нас машина не проезжала.

Владлену было уже некогда с ними разбираться — очевидно, президент выбрал другой маршрут. Выключив рацию, чтобы она своим звуком случайно не выдала их, они с Анатолием стали быстро спускаться с горы. Преодолев чуть больше половины пути, опера, избегая случайной встречи, юркнули в небольшой овражек, чтобы пропустить поднимавшихся к вершине президента и министра культуры.

К ужасу оперативников, президент и его спутники остановились в семи метрах от них, водитель принялся разбивать лагерь: достал складной столик и стулья, развернул их, поставил на стол кое-какую еду и начал собирать хворост для костра. Все пути отхода для оперативников были закрыты! Они лежали на дне овражка ни живые ни мертвые, представляя, какой случится конфуз, когда их вскорости обнаружат. Лежа на спине, чуть приподняв голову, Владлен через густую растительность видел, что президент и министр в прекрасном настроении, никуда не торопясь, ведут обстоятельную беседу.

«Вот и влипли, — думал он с тревогой в душе. — Наш министр дал неверную вводную, они приехали слишком рано. Но ему же этого не объяснишь — если попадемся, от генерала прилетит по полной программе!»

Анатолий же с закрытыми глазами отдался на волю случая.

Министр культуры с жаром и с горячностью творческого человека рассказывал о Чочур-Муране.

Став невольным слушателем повествования о священной горе, на склоне которой они прильнули к земле, пытаясь слиться с окружающим пейзажем, Владлен узнал красивую историю об Элляй Боотуре, устроившем у подножия первый Ысыах, узнал о Тыгын Дархане, чья жизнь и деятельность, оказывается, была неразрывно связана с Чочур-Мураном.

Сколько они пролежали на сырой земле, оперативники не представляли, но, судя по затекшим конечностям, довольно долго. Когда наконец президент и его спутники, выпив чаю, выдвинулись дальше к вершине, Владлен и Анатолий тут же вскочили и понеслись вниз, где встретили озадаченных их долгим отсутствием оперов.

Через неделю, улучив время, Владлен заскочил в библиотеку и вычитал все, что нашел о Чочур-Муране и легендарных ее обитателях Элляе и Тыгыне. В этих противоречивых суждениях разных историков и фольклористов, исследователей старины, Владлен для себя сделал вывод, что Элляй и Тыгын реальные люди, жившие в далеком прошлом, и они однозначно каждый при своей жизни соприкасались с горой Чочур-Муран.

Этим же летом, когда выдался выходной, Владлен съездил к горе, долго стоял на ее вершине, всматриваясь в даль и представляя в уме события давно минувших дней.

4

— Что, идем? — голос Анатолия вывел Владлена из раздумья. — Следственная группа уже начала осмотр трупов.

Владлена охватило тревожное чувство. Оно появлялось всегда, когда после долгих поисков пропавших находили убитыми и об этом предстояло известить близких родственников. Более тяжелой миссии он в своей работе не припомнил бы.

Тела лежали в распадке у подножия горы. Очевидно, их привезли сюда уже мертвыми — оперативники не обнаружили следов борьбы и добивания на месте. В глаза сразу бросалось, что жертвы сильно избиты: лица, головы превратились в кровавое месиво, на руках кровоподтеки — видимо, защищались руками от ударов. Беглого взгляда на трупы и одежду было достаточно, чтобы опознать в них Серафима и Сергея.

— Что и требовалось доказать, — проговорил Анатолий. — Их сюда привезли, давай спустимся вниз, посмотрим следы автомобиля.

Они спустились к подножию и облазили все кругом, но никаких следов здесь уже не было — дожди, зарядившие на днях, сделали свое дело.

Когда трупы на носилках снесли вниз и стали грузить в машину, невесть откуда появилась черная тучка; она, едва ли не задевая верхушку горы, разрядилась крупными и теплыми каплями дождя.

— Гора плачет по убитым, — сказал Владлен, вглядываясь в вершину Чочур-Мурана, — она все чувствует.

Владлен дал указание оперативникам тщательно обследовать прилегающую местность, а сам решил еще раз поговорить со сторожем.

Едва они с Анатолием миновали перелесок, выглянуло солнце, дождя будто и не было вовсе. Когда ехали в сторону пропускного пункта ботанического сада, навстречу им попалась машина. Когда с ней поравнялись, Анатолий, вглядевшись в боковое окно, воскликнул:

— Знакомое лицо! Где я его видел? — Он взялся за голову, пытаясь припомнить человека, который был за рулем. — Ладно, потом вспомню.

Когда доехали до пропускного пункта, сторож их уже поджидал. Не успели оперативники выбраться из машины, он подошел к ним возмущенный:

— Представляете, такой грубиян! Меня послал подальше, когда я его спросил о цели приезда. Случайно, не с вашей милиции?

— Вы о ком? — спросил его Анатолий, выходя из машины.

— Да тот, который проехал только что, вы его, наверное, видели. — Сторож махнул в сторону горы.

— А кто он такой? — спросил Анатолий. — Что-то лицо больно знакомое.

— А я откуда знаю, — ответил сторож. — Я же говорю, что он не представился.

Из разговора со сторожем выяснилось, что двадцатого июня он работал до десяти вечера, ничего подозрительного не заметил. Сомневается, что во время его дежурства кто-то мог проехать мимо пропускного пункта с трупами.

— Их могли привезти только ночью, — сделал он заключение. — Одно непонятно: почему трупы привезли сюда? Есть же множество мест, где их можно затырить — например, в районе птицефабрики. Тут же рисковали, что их заметят, иногда в сторожке спят люди, да и в ботсаде есть народ. Непонятно.

— Опыт имеется, как тырить трупы? — улыбнулся Анатолий сторожу.

— Ну и шутки у вас, товарищ милиционер, — обиделся тот. — Всегда вы так!

— Прошу прощения, — извинился Анатолий, закрывая ладонью рот, — проклятый мой язык!

— А ночью народу здесь много бывает? — спросил сторожа Владлен.

— Когда как. — Сторож махнул рукой. — Порой много: пьяные компании и молодежь. Но это редко, в основном здесь спокойно.

В этот момент со стороны горы показалась машина. Увидев ее, сторож воскликнул:

— А вот и он едет. Вы его немножко припугните, уж слишком он борзый, — попросил он оперативников.

Пугать никого не пришлось, все это уже сделали сыщики, которые оставались прочесывать местность.

— Тут в машине некто Сазонов — стоял в лесочке, увидев нас, пытался скрыть-
ся, — объяснил оперативник Попов, выходя
с водительской стороны машины. — Решили его задержать для проверки.

— Ах, это же Сазонов! — воскликнул
Анатолий, ударив себя по лбу. — А я-то думаю, где видел это лицо!

Владлен, как, впрочем, и многие оперативники, знал Сазонова. Тот был известной
личностью в городе. Бывший милиционер,
был осужден на девять лет за изнасилование
малолетней девочки, но отсидел не до конца. После освобождения осел в городе, пе-
ребивался сутенерством, держал в ежовых
рукавицах целый отряд рабынь-проститу-
ток. Мечтал подняться как можно выше по
криминальной иерархической лестнице. Но
этой мечте мешала его биография — бывших милиционеров и насильников детей в
преступном мире не уважали. Он пытался
избавиться от своего проклятого прошло-
го, доказывая всем, что он был не милиционером, а всего лишь стажером, а то, что

сидел в ментовской колонии, об этом он никого не просил, суд его туда определил. Насчет изнасилования малолетней — дело, конечно же, сфабриковали. Чтобы добиться власти и положения, он набивался в друзья к правоохранителям, состоял в неделовых связях с прокурорскими и убоповцами. Имел виды на городские рынки как на источник черного нала. В своем окружении он был более известен под кличкой Сазан, впрочем, не только за схожесть этого слова с его фамилией, а больше за присущую этой рыбе, которую почти невозможно схватить голыми руками, скользкость и изворотливость.

Опера тут же, стоя возле пропускного пункта, спешно посовещались.

— Его бы задержать на несколько суток и проверить, — предложил Анатолий. — Не зря он здесь ошивался, не зря.

— За что? Просто так не задержишь, нужны основания. То, что он здесь болтается, не повод для задержания, — в задумчивости проговорил Владлен.

— Так он же нас материл и оскорблял, когда мы к нему подошли в лесу. — Попов головой кивнул в сторону машины, где в сопровождении двух оперативников находился Сазонов. — Мы ему представились, что из милиции, показали удостоверение, так он у Семена выхватил удостоверение и выкинул в кусты. Давайте мы напишем рапорт и оформим неповиновение. Мелкое хулиганство ему обеспечено.

— Отлично, оформите протокол и ведите в суд. Машину поставьте на штрафстоянку, но прежде хорошенько осмотрите, — приказал оперативникам Владлен. — Если судья назначит административный арест, начнем его проверять по полной программе.

По дороге в управление Владлен с Анатолием рассуждали о Сазонове.

— Как-то подозрительно, что этот тип там шарился. К чему бы? — Анатолий пытался увязать убийство и появившегося поблизости Сазонова в единое целое. — Преступника всегда тянет на место преступления — может, и его потянуло.

— Может быть, может быть... — Владлен мало верил, что в данном случае кого-то потянуло бы на место совершенного им преступления, обычно такое происходит со всевозможными маньяками и извращенцами. — Надо узнать, чем он занимался двадцатого июня.

5

По прибытии в управление начальник криминальной милиции созвал совещание по факту убийства Алексеева и Попова.

— Уважаемые коллеги, — обратился он к собравшимся, — сегодня обнаружены два трупа с признаками насильственной смерти. Выяснилось, что это трупы пропавших без вести неделю назад Алексеева и Попова. Начальник отдела по раскрытию убийств Димов был на месте преступления, он и доложит последние данные.

— Как уже было сказано, — начал свой доклад Владлен, — Алексеев со своим другом Поповым пропали при невыясненных обстоятельствах двадцатого июня текущего года. По месту жительства и работы пропавшего никакой информации раздобыть не удалось. На работе у Алексеева ничего необычного не происходило, да он и отработал-то всего четыре дня. Никто ему не угрожал, наездов со стороны бандитов не было. В общем, все как обычно. По месту жительства тоже ничего заслуживающего внимания. Выйдя из квартиры, эти двое явно сели в чужую машину, но никто эту машину не видел, нет ни одного свидетеля. Мы были на месте обнаружения трупов в распадке горы Чочур-Муран. Туда преступник или преступники привезли уже трупы — на месте следов борьбы не обнаружено. При прочесывании окрестности наши оперативники обнаружили в лесу машину. За рулем, когда они подошли, находился гражданин — как позже выяснилось, Сазонов, небезызвестная в городе личность, — который пытался уехать. Наши его задержали, он оказал неповиновение, сейчас его повезли в суд. Если арестуют по мелкому хулиганству, у нас будет возможность отработать его на причастность к убийству, установим, где он был в день исчезновения Алексеева и Попова. Еще одно. Место сокрытия трупов выбрано необычное. Гораздо удобнее было бы отвезти их в сторону птицефабрики, но убийца или убийцы доставили их к Чочур-Мурану, хотя в этом случае гораздо больше шансов, что тебя заметят, будут лишние свидетели. Да и гора является местом массового отдыха горожан, трупы все равно быстро бы обнаружили. Как будто специально подбросили, со значением.

— В каком смысле «со значением»? — поинтересовался начальник криминальной милиции. — Объясните, пожалуйста.

— Демонстративно, чтобы посеять страх и панику, показать слабость правоохранителей и свою безнаказанность.

— Ишь куда тебя занесло! — воскликнул от удивления руководитель. — Неужели так думали убийцы?

— Мне представляется так, но я могу ошибаться, — ответил Владлен, — время покажет.

После совещания в кабинет Димова явились опера, которые возили Сазонова в суд.

— Суд отказал в аресте, дали только штраф, — доложил один из них с возмущением в голосе. — Как милиционера оскорблять — пожалуйста, попробовал бы какого-нибудь депутата или чиновника — враз посадили бы!

— Все, я его задерживаю на трое суток. — Владлен встал и решительно прошелся по кабинету. — С меня и ответ, будь что будет! Приведите его ко мне.

От Сазонова, который был с похмелья, исходил такой перегар, что Владлен от него аж отпрянул. Налитые кровью глаза, одутловатое лицо, жирные волосы, свисающие на глаза, — он производил настолько омерзительное впечатление, что Димова все время разговора не покидало желание быстрее избавиться от его присутствия. Увидев знакомого оперативника, Сазонов протянул ему руку, и Владлен непроизвольно ответил на приветствие и пожалел об этом. Рука была холодная и липкая — показалось, что потрогал жабу, и захотелось немедленно смыть это ощущение.

— Сазонов, где был двадцатого июня начиная с обеда и до следующего дня, двадцать первого июня? Потрудись вспомнить поминутно, чем ты занимался в это время, назови свидетелей, одним словом, предъяви свое алиби.

— Алиби в чем? — Сазонов посмотрел на Владлена отсутствующим взглядом, думая, похоже, о чем-то другом. — Вы меня в чем-то подозреваете?

— Ладно, Сазонов, хватит гнать картину, ты прекрасно знаешь, что тебя задержали возле места обнаружения трупов. Как ты там оказался, что делал в лесу?

Владлена брало нетерпение, он все более раздражался. Обычно вывести его из себя было сложно, но здесь что-то пошло не так.

— Бухал тогда, уже дней десять. На квартале, у бабы. Никуда не уходил, все время там, у нее. Этих когда убили, двадцатого? Спросите у моей бабы, в этот день я у нее был.

Владлен, понимая, что дальше разговаривать бесполезно, взял у Сазонова данные его женщины с семнадцатого квартала и составил протокол о задержании.

Когда Сазонова увели в изолятор, Владлен позвал Кокорина.

— Толя, съезди на квартал, притащи сюда Кирюшину Татьяну, ты же ее знаешь, она проходила по убийству Долгошеева, хорошенько поговори с ней. Сазонов утверждает, что был у нее двадцатого июня. Осмотри ее квартиру, может, что интересное найдешь. Возьми с собой двух оперов.

— Кирюшину, конечно, знаю хорошо. Тертая бабенка, может враз организовать ложное алиби. Что ж, проверим, прощупаем... — Увидев насмешливый взгляд Владлена, улыбнулся широкой улыбкой. — Не в буквальном же смысле, не беспокойся!

Вечером Кокорин доложил, что Кирюшина подтверждает алиби Сазонова и настаивает, что двадцатого и двадцать первого июня он находился у нее, беспробудно пьянствовал и никуда не отлучался. Несолоно хлебавши опера отпустили Кирюшину домой.

Первый тревожный день с обнаруженными трупами для оперативников прошел безрезультатно.

Ночью Димова поднял дежурный по УВД и сообщил, что его требует дежурный прокурор республиканской прокуратуры, который сейчас находится в УВД. Прибывшему Владлену прокурор сразу задал вопрос:

— За что задержали Сазонова?

«Уже подключил свои связи», — подумал Владлен, прикидывая варианты убедительного ответа.

— За укрывательство, его задержали недалеко от места обнаружения трупов.

— Какое укрывательство, о чем говорите?! Немедленно освободите, завтра же напишу представление, будете наказаны! — И прокурор, резко развернувшись, покинул дежурную часть.

Делать нечего, против воли прокурора не попрешь, тем более не имея на руках ни единого доказательства причастности Сазонова к убийству. Владлен освободил его и ушел домой.

Через три дня на совещании у начальника криминальной милиции Димову, по представлению прокуратуры, был объявлен строгий выговор за незаконное задержание гражданина. После совещания начальник попросил его остаться в кабинете.

— Владлен, не беспокойся, на представление прокуратуры мы должны были отреагировать. Скоро все равно что-нибудь раскроешь, вот и снимем наказание.

Владлен понимал руководителя, да и не сильно переживал, к наказаниям он относился спокойно — как наказали, так и снимут, благо в личном деле в графе поощрений и благодарностей уже места не хватало.

Сыщики решили понаблюдать за отпущенным Сазоновым, но он целыми днями пропадал у Кирюшиной, изредка выходил по своим делам, но вскоре возвращался. Проследив за ним без толку целую неделю, оперативники сняли «наружку».

6

Прошло два месяца. За это время у оперативников не появилось никакой информации по делу о трупах, обнаруженных на Чочур-Муране. Между тем скандал, разразившийся в связи с этим дерзким и вызывающим преступлением, разгорался все сильнее с каждым вновь совершенным убийством.

Женщины, потерявшие своих близких людей, объединившись в общественную организацию, стали требовать от властей немедленного прекращения разгула преступности.

Из-за этого убийства на Чочур-Муране под министром внутренних дел впервые зашаталось кресло. Однажды президент, вызвав его к себе, сказал, указывая через окно на митингующих женщин:

— Смотри, это твоя заслуга, что преступники обнаглели, убивают средь бела дня. Не можешь навести порядок — так и скажи, примем меры без тебя!

Такая оценка работы милиции со стороны президента была сродни вручению черной метки.

Министр был до мозга костей настоящим милиционером. Отдав всю свою жизнь служению милиции, он, конечно, приобрел не только друзей, но и врагов. Его многие боялись, многие ненавидели, но большинство все же уважали как настоящего генерала — неподкупного, бескомпромиссного, честного. Он был до фанатизма требователен к себе и к подчиненным, скуп на похвалу и однажды на День милиции, вручая наградные часы Димову, отметил, что перед ними стоит сыщик, для которого практически нет нераскрываемых преступлений. Все немало удивились словам генерала, который никогда никого так прилюдно не расхваливал.

Владлен чувствовал, что министр в глубине души надеется на него, что он со своими ребятами раскрутит это дело, хотя, как умный человек, очевидно, понимает, что это уже не меняет дела — его время уходит, приходят другие люди, может быть, менее компетентные и профессиональные, но отвечающие новому веянию времени.

Однажды некий высокопоставленный сотрудник министерства, зная, что у генерала начались проблемы, и желая ему угодить, нелицеприятно отозвался о женщинах, устраивающих митинги против преступности. Министр не дал ему договорить, отрезав жестко:

— Иди и будь вместо кого-нибудь из них, кто потерял самое дорогое на свете. Посмотрим, как ты запоешь! Им помочь уже ничем нельзя, хотя бы раскрой одно из этих дел!

Поэтому Владлен с коллегами крутились сутками, чтобы найти хоть какую-то зацепку в этом громком деле, но все напрасно.

Федеральная служба безопасности, обеспокоенная тем, что движение женщин против разгула преступности могут оседлать какие-нибудь иностранные грантодатели в целях политической борьбы, с головой окунулась в поиск убийц с Чочур-Мурана, но быстро поняла, что банальная уголовщина не их профиль. Несчастным и убитым горем женщинам было не до зарубежных спонсоров.

Так появился самый главный «глухарь» конца двадцатого столетия, круто изменивший жизни многих людей и значительно перекроивший кадровый ландшафт министерства внутренних дел.

Это убийство стало пощечиной, нет, не пощечиной, а ударом под дых всей милиции, не сумевшей вовремя изобличить преступников, бросивших ей наглый и кровавый вызов. Милицию обвинили в бездействии, в потакании преступникам и в беззубости. Теперь раскрытие этого чудовищного преступления являлось делом чести для всей правоохранительной системы республики.

Однажды Владлен, проезжая по шоссе, в просвете между высоких сосен увидел вершину горы Чочур-Муран и повернул в ботанический сад. Он долго стоял у подножия горы, тихо разговаривал с ней, пытаясь дойти до страшной тайны, так строго хранимой ею.

Гора разбушевалась

1

Наступил октябрь. Весть об обнаружении трупа на Чочур-Муране Владлен воспринял с тревожным предчувствием в сердце. Они с Кокориным немедленно выехали на место происшествия. Труп лежал скрючившись, словно еще не родившийся ребенок в утробе матери. Со стороны живота и груди одежда намокла от крови, скорее всего, там имелись раны. Темный цвет лица, характерный нос, густая растительность на теле выдавали в человеке выходца с Кавказа. Проверив карманы его одежды, Анатолий не нашел никаких документов, удостоверяющих личность. Прибывший судебный медик указал предварительную причину смерти неизвестного — колото-резаные ранения грудной клетки. Когда труп увезли в морг, Владлен и Анатолий, оставшись вдвоем, еще раз осмотрели местность, но ничего интересного не обнаружили.

— Как думаешь, Анатолий, — обратился Владлен к Кокорину, — связь какая-никакая с убийством Алексеева и Попова может быть в конкретном случае?

— Только то, что труп подкинули к горе. В остальном — полностью несхожее по почерку убийство. — Анатолий озвучил мысли самого Владлена. — Надо бы установить его личность. Тогда только сможем что-то сказать.

На этот раз на пропускном пункте ботанического сада никого не было, поэтому оперативники сразу направились в морг, где их встретил санитар Костик, он же Константин Сергеевич Прихлебов, человек со странностями в голове, но всеми уважаемый за усердие в работе. Он работал в морге уже больше пяти лет, но опера не припомнили бы и дня, когда он не был бы под градусом. Костик работал четко и быстро, движения его были легки и непринужденны, а то, что он слегка выпивший, выдавал только свежий запах спиртного изо рта.

Был случай, когда один оперативник пришел к судебным медикам, те как раз отмечали какой-то праздник и пригласили его за стол. Среди разнообразных блюд на столе была свежезамороженная печень жеребенка, и присоединившийся, уплетая за обе щеки этот деликатес, имел неосторожность спросить, откуда он.

— Так с морга, там этого добра хватает, — не моргнув глазом, ответил Костик.

Оперативник с полным ртом выскочил на улицу и уже не вернулся за стол.

— О, какие люди к нам пожаловали, — встретил Костик вновь прибывших. — Знаю, знаю, трупец давно поджидает вас! Скажу сразу, он немного подмерзший, пока что пальчики откатывать невозможно.

В свое время оперативники подарили Костику принадлежности для дактилоскопирования, научили, как ими пользоваться, и он иногда сам снимал отпечатки пальцев у трупов, за что был у сыщиков в большом авторитете и этим очень гордился.

— Костик, нам утром нужны отпечатки пальцев сегодняшнего трупа. — Анатолий обнял санитара за плечи. — Будь добр, поторопи его, чтобы он быстрее отошел. Очень срочно нужно!

— Если очень срочно, то потороплю его теплой водичкой. — Костику льстило, что его просят такие известные сыщики. — До вечерочка отогрею пальчики и откатаю. Пойдет?

— Еще как, — обрадовались оперативники, — ты настоящий друг! Попозже заскочим, заберем карту.

Как и было обещано, вечером Анатолий заехал в морг и получил у Костика отлично снятую дактилоскопическую карту неизвестного трупа. Вместе они еще раз осмотрели труп, но ничего интересного дополнительно не обнаружили.

— Вскрытие трупа когда планируется? — спросил Анатолий у Костика.

— Завтра с утра, — ответил санитар, дыхнув на Анатолия свежим запахом спирта. — От вас кто-нибудь будет присутствовать?

— Я и буду, — ответил Анатолий, прощаясь с Костиком.

На следующий день после обеда Анатолий, побывавший в морге на вскрытии неопознанного трупа, отчитывался Владлену:

— По отпечаткам пальцев он у нас не проходит, дактилоскопическую карту надо отправлять в Москву — пробивать по центральной базе данных. Труп очень похож на ранее судимого, весь напортаченный (татуированный). Я только что с морга: у него всего один ножевой удар со стороны груди — точно в сердце, работал явно профессионал.

Опытные оперативники по характеру ножевых ранений в общих чертах представляют, какого преступника надо искать. Если на теле множество, до нескольких десятков, неглубоких ножевых ранений, то внимание следует обращать на подростков и женщин, если же пять-шесть глубоких ран — на мужчин: друзей, компаньонов, собутыльников и прочих. Одиночный удар в сердце говорил операм о том, что тут не бытовуха, а серьезное убийство, совершенное опытным преступником. А то, что преступник пытался спрятать труп, наталкивало на мысль, что жертва хорошо знакома с убийцей. Именно так происходит в большинстве случаев, хотя бывают и исключения.

Однажды опера задержали крохотную женщину, которая одним ударом ножа отправила на тот свет своего сожителя, крупного и физически очень сильного человека, оставив его умирать на улице. Чтобы раскрыть это убийство, было выработано несколько версий, ни в одной из которых в качестве исполнителя не рассматривались женщины или подростки. Отработав все версии, озадаченные опера вернулись к первоистокам преступления и нашли свидетельницу, перед которой исповедовалась сожительница убитого. Увидев милиционеров, бедная женщина промолвила:

— Я устала ждать, когда вы меня схватите, а то всё ходите и ходите вокруг да около. Спросили бы построже — сразу бы все рассказала.

Опера, измученные поисками матерого убийцы, только руками развели.

— Завтра в Москву летит опер Семенов, передай ему отпечатки пальцев, — приказал Владлен Кокорину. — Пусть лично заскочит в МВД и сделает все возможное и невозможное, подарит там конфет, шампанское, что ли, девчонкам из информационного центра, чтобы без очереди пробили наш труп по базе данных. Если к ним обратиться официально, то только через месяц получим данные, а время не терпит.

Через два дня из Москвы позвонил Семенов и сообщил неожиданную новость:

— Ты не поверишь! Труп ваш оказался действительным вором в законе из Грузии — Гогия Тариел Джумберович, пять лет назад совершил побег из кутаисской тюрьмы, скрывался в Москве, на него сторожевой листок как на разыскиваемого Интерполом преступника. Тут меня самого чуть не повязали. Утром дактилоскопическую карту отнес в информационный центр, сказали подойти после обеда, а когда пришел, меня уже поджидали сотрудники управления по борьбе с организованной преступностью. Стали допытываться, кто такой, почему проверяю разыскиваемого и так далее. Кое-как объяснился — ждите, они будут вам звонить. Очень интересуются этим Гогия.

— Вот это да! — воскликнул Владлен. Кокорин, внимательно читавший сводку происшествий, вздрогнул от возгласа руководителя. — Толя, ты даже не представляешь, чей труп у нас находится!

— Судя по твоему голосу, примерно представляю. — Кокорин вопросительно посмотрел на Димова. — Не томи, говори. Он в розыске?

— Бери выше, он вор в законе! — Владлен поднял указательный палец вверх. — Правда, он действительно находится в розыске, в этом ты не ошибся.

— Куда его занесло-то, сына грузинского народа! — свистнул от удивления Кокорин. — Что он тут потерял?

— Очевидно, какие-то интересы у него здесь были, — сделал Владлен умозаключение, — неспроста он очутился в Якутии. Надо подергать наших авторитетов — кто-то должен был его здесь видеть или слышать. Такая фигура не может инкогнито посетить республику, обязательно проскочила бы информация. Ничего себе! В кои веки посетил Якутию вор в законе, и то его грохнули.

Как и ожидалось, через два часа позвонили из Главного управления по борьбе с организованной преступностью.

— Здравствуйте. Старший оперуполномоченный Самойлов, — представились на том конце провода. — Я разговаривал с вашим коллегой здесь, в Москве, он говорит, что вы нашли труп Гогия. Расскажите обстоятельства его убийства, фигурант был у нас в разработке.

— Да, нашли случайные люди, — начал Владлен. — Пока мы не получили данные о личности трупа из Москвы, у нас вообще был ноль информации. Теперь планируем опросить авторитетов местных, может, кто знает этого Гогия. Должны знать, не каждый день нас вор в законе посещает.

— А как насчет ваших воров в законе? — спросил Самойлов. — Они же должны знать его.

«Оперативник из Главного управления по организованной преступности должен знать, что у нас таких нет. Несерьезно он подошел к делу», — отметил про себя Владлен, прежде чем ответить Самойлову:

— У нас их нет.

— Как, ни одного?! — удивился Самойлов. — Счастливые вы люди!

Владлен понемногу стал раздражаться от некомпетентности собеседника. Озадачивало, как оперативник центрального аппарата, работая по такому серьезному фигуранту, так легкомысленно отнесся к ситуации в регионе, где убили этого самого фигуранта.

— Не счастливые, — сухо ответил он Самойлову, — просто не допускаем появления их в республике.

— Ну-ну, — не поверил ему Самойлов. — У нас была информация, что где-то на северах Гогия хотел подмять под себя золотой прииск. Потом мы упустили его из виду, вот он и объявился у вас в виде трупа.

— Севера — слишком расплывчато, это пол-России. Где именно — неизвестно? — Владлен понял, что от Самойлова больше ничего интересного не дождешься. — Давайте будем держать связь, взаимно информировать друг друга.

— Добро. — Самойлов тоже понял, что разговор пора заканчивать. — Запиши мой телефон.

Оперативники три дня без остановки таскали в уголовный розыск криминальных авторитетов, так называемых «положенцев», уважаемых в преступном мире людей, но стоящей информации так и не получили. Никто этого Гогия не видел в городе и не слышал о его существовании. Это было невообразимо! В Якутии — где нет ни одного вора в законе и где, соответственно, приезд одного из них стал бы большим событием не только для криминального мира, но и для всей правоохранительной системы, — появление грузинского авторитета осталось незамеченным. Одно поняли оперативники — пытаться связать воедино убийство Алексеева и Попова с убийством вора в законе не имело смысла, это были разные преступления.

Так и получилось, что спустя три месяца Чочур-Муран «подарил» оперативникам еще один непростой «глухарь», удивив видавших виды старых милиционеров — они не припоминали ни одного убийства на горе, а тут сразу три! Владлен, впечатленный их рассказами, порылся в архивах за последние тридцать лет и не обнаружил ни одного сколь-нибудь серьезного преступления, совершенного на Чочур-Муране.

Нашелся один эпизодик. В сергеляхских лесах ранней весной в конце шестидесятых годов пропала молодая женщина. Ее долго искали, но она словно в воду канула. Осенью двое рабочих из поселка Геологов после трудового дня, купив несколько бутылок портвейна, собрались отдохнуть под горой. Было довольно холодно, они разожгли костер и стали выпивать. Вдруг один из собутыльников заметил на вершине горы женщину в легком белом одеянии. Она, словно божественная матрона с какой-нибудь картины художников Возрождения, смотрела на них с высоты. Мужчина вскрикнул от испуга и показал пальцем вверх, туда, где стояла женщина. Второй, близоруко щурясь, пытался там что-то разглядеть. В это время резко дунуло теплым воздухом, словно гора дыхнула им прямо в лицо, и откуда-то из-под земли раздался гул. Бросив все, они ринулись с насиженного места и не помнили, как очутились в поселке. Наутро об этом случае знали почти все жители поселка, кто-то донес в милицию, которая уже давно искала пропавшую женщину. Так что днем приехали милиционеры на желтом мотоцикле и долго расспрашивали уже успевших надраться приятелей о неизвестной женщине, потом взяли под белы рученьки, посадили их в коляску мотоцикла, съездили к горе и даже поднимались к вершине, но никаких следов пребывания человека на ней так и не обнаружили. Решив, что у мужиков на почве алкоголя случились галлюцинации, милиционеры оставили их в покое, и те, подобрав возле кострища оставленный вчера портвейн, продолжили пить уже в поселке, успокаивая свои пошатнувшиеся нервы. Пропавшая женщина так и не нашлась.

Владлен в душе был согласен с милиционерами шестидесятых: все впечатлительные люди почему-то видят в самых неожиданных местах женщину в белом. Особенно под воздействием красного вина, в народе любовно прозванного бормотухой, которым впору заборы красить.

Изучив архив, он понял, что гора долгое время строго охраняла свой покой, не позволяя свершиться беззаконию в окрестностях. Но почему же она вдруг разбушевалась?

Через месяц из Москвы, из Главного управления по борьбе с организованной преступностью, позвонили и сообщили, что Гогия жил в России под другой фамилией.

Его заманили в Якутию якобы для того, чтобы он взял под контроль крупную золотодобывающую артель. Он прибыл в республику со своим будущим убийцей, который следующим же рейсом улетел обратно в Москву, но и сам недолго оставался в живых. Через неделю его расстреляли возле дома.

Без сомнения, их кто-то встречал в Якутске, помогал убийце прятать труп, но этих людей сыщики так и не смогли найти.

2

Наступил декабрь. Поздно вечером влюбленная парочка решила уединиться на природе. Мужчина был в хорошем настроении: под ним сильный внедорожник, который пробьется по снегу в самое укромное место подальше от людских глаз, на заднем сиденье — любимая женщина, в багажнике — холодное шампанское. Правда, снаружи почти пятьдесят градусов, но ничего — мощная печка машины внутри надежно защищает от стужи. Что еще нужно сильному и красивому мужчине для полного счастья?!

Мужчина собрался отвезти свою возлюбленную к горе Чочур-Муран. Он давно мечтал показать ей это место в лунную ночь, когда все кругом предстает предновогодним, сказочным, а сегодня выдалась именно такая погодка: легкий ветерок вытеснил туман к городу, вершину Чочур-Мурана в лунном свете они увидели издалека, а внизу было светло как днем. На небе яркие звезды, полная луна — романтичнее этого вечера и придумать невозможно!

Через поле у подножия горы пролегала наезженная по глубокому снегу дорога, и парочка, проехав по ней, остановилась ровно под горой.

— Видишь, как красиво кругом, словно попали в сказочное царство, — говорил мужчина своей спутнице, доставая бутылку из багажного отделения. — Хочешь, я сбегаю до вершины горы и пущу оттуда в честь тебя салют?

— Не надо, снегу много, целый час будешь добираться, замерзнешь, — возразила она. — Лучше пусти салют перед машиной, чтобы было видно, я не буду выходить на улицу, сильно холодно.

Мужчина, довольный, что о нем заботятся, отложил в сторону фейерверки, откупорил шампанское, покопавшись в багаже, достал два пластмассовых фужера и наполнил их.

— Давай, любимая, выпьем в этот прекрасный вечер за...

Мужчина оборвал свой тост, который он так долго готовил в уме, чтобы впечатлить свою спутницу. В левый бок машины кто-то постучал! Нет, это был не стук, а скорее мягкий тычок по борту машины, как раз со стороны, где сидела женщина.

От страха волосы на голове у мужчины зашевелились и мороз продрал по коже. Он вспомнил городские легенды-страшилки о ходячих мертвецах, которых видели в этих местах. Слушая эти басни, он только смеялся над рассказчиками. Теперь же, оцепенев, пытался через заиндевевшее окно разглядеть источник звука. Женщина, выронив из рук полный фужер шампанского, сидела в тревожном ожидании ни жива ни мертва, мысленно надеясь на своего ухажера: «Он сильный, за его спиной как за каменной стеной, сейчас он выйдет из машины и во всем разберется. Сейчас, сейчас...»

Мужчина медлил. Им овладел такой ужас, что руки и ноги вмиг стали свинцовыми и отказывались слушаться. Тем временем шорканье по кузову продолжалось.

Видя состояние мужчины, женщина решила ему помочь. Дрожащими руками она не с первой попытки открыла дверцу автомобиля, но даже не успела пожалеть о своем поступке — издала истошный крик от увиденного и впала в ступор. В отсвете луны и салонного фонаря перед влюбленной парочкой предстало огромное чудовище без лица, вместо головы на плечах покоился кровавый шар, облепленный снегом, вытянутыми вперед руками оно, бормоча несвязные слова, тыкалось в машину, которая, очевидно, перегородила ему дорогу. Без сомнения, это был ходячий мертвец, зомби из тех самых страшных рассказов!

Тут наконец мужчина пришел в себя, резво прыгнул на водительское сиденье и, включив скорость, нажал до упора педаль газа. Машина рванула с места, вместе с тем захлопнулась задняя дверца, но проехать далеко не удалось. От резкого старта их занесло, и они, соскочив с наезженной дороги, уткнулись носом в сугроб. Попытки выбраться из снежного плена задним ходом не увенчались успехом, и мужчина выскочил из машины. Тут только он увидел, что они находятся внутри круга диаметром двадцать — двадцать пять метров, протоптанного по девственному снегу чудовищем. Этот зловещий круг ровно посередине прорезала укатанная дорога, с которой они имели несчастье слететь в сугроб. И вот сейчас, стоя возле машины, мужчина увидел, как по круговой тропе к нему неумолимо приближается чудовище, издавая утробные звуки.

И мужчина побежал. Он забыл про свою женщину, машину, одежду, про все на свете — им двигал только дикий, необузданный страх. В одной футболке он мчался в сторону шоссе, до которого было не менее километра.

Когда таксист увидел посреди шоссе почти голого мужчину, он резко затормозил, чудом не перевернувшись. Немного придя в себя, он схватил биту и выскочил с твердой решимостью наказать пьяного пешехода, из-за которого он чуть не совершил серьезную аварию. Когда таксист понял, что перед ним не пьянчужка, а попавший в беду человек, он посадил его в машину и по рации попросил диспетчера вызвать милицию. К его удивлению, милиция приехала ровно через три минуты — наряд ППС патрулировал как раз рядом, в поселке Геологов.

Милиционеры пересадили несостоявшегося кавалера в свой «уазик» и, выслушав его сбивчивый рассказ, последовали в сторону Чочур-Мурана. Подъехав к брошенной машине, они первым делом открыли заднюю дверцу и обнаружили там женщину в состоянии невменяемости. Недалеко от машины в сугробе виднелось что-то большое и темное. Милиционеры подошли поближе и убедились, что это человек, упавший лицом вниз прямо на снег. Когда его развернули, то вместо лица увидели кровавый снежный ком, который от холода превратился в крепкую ледяную корку. Вызвали «Скорую помощь»: хотя конечности мужчины были уже холодные, от тела исходило слабое тепло, да и женщине, очевидно, требовалась врачебная помощь. По счастливой случайности бригада «Скорой» обслуживала пациента в том же поселке Геологов, поэтому довольно быстро прибыла на место происшествия. Врачи осмотрели человека, лежащего на снегу, и констатировали его смерть. Женщину в салоне автомашины, дав ей понюхать нашатыря, с помощью милиционеров пересадили в свою машину. Проводив медиков, сотрудники ППС вызвали следственно-оперативную группу, а сами остались охранять место происшествия.

3

Когда ночью зазвонил телефон, Владлен уже знал, что звонят с дежурной части, чтобы известить его об очередном совершенном убийстве и что это убийство не простая «бытовуха», а серьезное, неочевидное преступление — иначе бы его не стали беспокоить. Он, зевая и жалея о прерванном сне, сладкой негой окутавшем всю его сущность, поднял трубку.

— Семеныч, криминальный труп, — доложил дежурный УВД. — На Чочур-Муране обнаружили человека с размозженной головой. Сам выедешь или кого из оперов поднимем?

— На Чочур-Муране?! — воскликнул Владлен, стремительно просыпаясь от неожиданной вести. — Выеду сам, отправляй за мной машину! Кокорину звонили?

— Нет, еще не звонили. Позвонить, поднять его? — Дежурный явно торопился со сбором следственно-оперативной группы.

— Нет, не надо. — Владлен решил снять с дежурного лишние хлопоты. — Я сам позвоню ему, он поедет со мной.

Когда следственно-оперативная группа прибыла на место происшествия, ее встретили сотрудники патрульной службы. На равнине под Чочур-Мураном было довольно светло, от лунного света даже тянулись тени на снегу.

— Труп лежит за машиной, — доложил один из патрульных. — Женщину увезла «Скорая помощь», подозреваемый находится в машине.

— Тут, по-моему, все ясно, — подхватил второй патрульный, — разборки из-за женщины. Симпатичная баба, за такую не грех и порубиться...

— Эй ты, кавалер-рубака, — остановил его Кокорин, — доложи по существу, без лишних умозаключений!

— Мужчину мы подобрали на шоссе, — продолжил первый патрульный, — он был какой-то неадекватный, нес всякую несуразицу о зомби и прочее, отсюда и подозрение в убийстве. А женщина была без сознания, врачи ее откачали и увезли с собой. Что с ней случилось — не знаем. Подозреваемого посадили в машину, можете с ним поговорить прямо сейчас. Мы остались охранять место происшествия, за это время никто сюда не подъезжал.

— Спасибо, вы все сделали правильно, — поблагодарил патрульных Владлен, — сейчас можете быть свободны, выезжайте на свой маршрут. А мы тут еще поработаем.

Владлен, открыв заднюю дверцу автомашины, увидел мужчину, который плакал, размазывая слезы по обмороженным щекам. Владлен сел на переднее пассажирское сиденье, следом на водительское сиденье забрался Кокорин.

— Как тебя зовут? — спросил Владлен мужчину.

— Владислав...

— О, почти тезки. Владислав, расскажи, что тут случилось?

— А где Оксана, что с ней? — ответил тот вопросом на вопрос, жалобно глядя на оперативников. — С ней все нормально?

— Ее зовут Оксана? — Владлен пытался его успокоить. — С ней все нормально, не беспокойся, врачи ее осмотрят и отпустят домой. Все-таки скажи, что здесь случилось?

— Не знаю. Я приехал с Оксаной, чтобы посмотреть гору в полнолуние, а тут появился этот, — Владислав кивком головы указал в сторону трупа. — Я думал, что какой-то зомби стучится, испугался...

— А откуда он появился? — задал вопрос Кокорин.

— Не знаю, по-моему, он ходил по кругу, — ответил Владислав, вспоминая с ужасом произошедшее.

— А машина крепко застряла? — поинтересовался Кокорин у хозяина. — Может, мне попробовать выехать?

— Я не смог, — пожал плечами Владислав. — Если хотите, попробуйте.

Кокорин был опытным водителем. В уголовном розыске никто лучше не разбирался в автомобилях, все обращались к нему за советами, если надо было отремонтировать какую-нибудь машину, особенно иностранной марки.

Вот и тут Анатолию хватило нескольких качков взад и вперед, чтобы вызволить автомобиль из снежного плена. Когда машина встала на наезженную дорогу, Владлен с Кокориным вышли, велев Владиславу ждать их внутри.

Следователь и судебный медик при свете фар начали осматривать труп, а опера занялись исследованием следов на снегу. Место, где они стояли, было очерчено почти правильным кругом диаметром чуть больше двадцати метров. Судя по утоптанности снега, неизвестный мужчина сделал не менее пяти-шести кругов, покуда не упал и не скончался. Почему он ходил по кругу — этот вопрос пока оставался тайной. Опера нашли и место, где мужчину забросали снегом, очевидно, думая, что он уже мертвый, — сгустки крови и подтаявший снег указывали на это. Видимо, пролежав под снегом какое-то время, он пришел в себя и выбрался наружу. Здесь же обнаруживались нечеткие от рыхлого снега следы автомобиля. Следы вели в сторону ботанического сада, и опера двинулись по ним в надежде найти хорошо различимые отпечатки протектора. След иногда прерывался, иногда его перекрывали протекторы других автомашин, успевших побывать на месте преступления, но опера вновь и вновь находили нужный им отпечаток и продолжали свое следопытство.

— Семеныч, я уже не чувствую ног, — жаловался Кокорин, — холод собачий! Как этот мужичок в одной футболке добежал до шоссе? Сегодня днем был пятьдесят один градус, сейчас еще ниже. Уму непостижимо, как он не замерз!

— Видать, нужда заставила, — ответил Владлен, которого мороз тоже начинал продирать насквозь. — Он не похож на убийцу, тут что-то другое...

— Да, я тоже думаю, что мужик ни при чем, — дрожащим от холода голосом согласился Кокорин. — Надо его хорошенько допросить, что он тут делал в такое время. И с женщиной не помешало бы поговорить. Интересно, пришла она в себя?

— Придет, куда денется, — успокоил его Владлен. — Проскочим попозже в больничку, поговорим.

Пока опера двигались по следу, к месту происшествия мимо них прошла сначала автомашина ответственного дежурного МВД, затем прокурора, а завершил эту процессию почему-то экипаж ГАИ.

— Куда они все лезут? — ругался Кокорин. — Растопчут все следы! Я все понимаю, но гаишники-то зачем? Там же не ДТП! Нет, Семеныч, надо написать докладную на имя начальника УВД, чтобы на месте происшествия лишних сотрудников не было — уничтожат все следы преступления, а с них и взятки гладки. Спрашивают же только с нас!

— Вопрос будируется давно, да с мертвой точки никак не сдвинется, — отозвался Владлен, меньше всего думая об этой проблеме и желая побыстрее укрыться от холода. — Напишем еще раз...

Наконец оперативникам улыбнулась удача. Миновав пропускной пункт ботанического сада и пройдя еще метров пятьдесят, они увидели четкие следы автомобиля на твердой, накатанной дороге. Судя по всему, машина прижалась к обочине, и водитель, очевидно, вышел, чтобы тут же справить малую нужду, оставив следы обуви — приблизительно сорок первого размера. Опера углубились в изучение автомобильных следов. Колесная база и ширина шин говорили, что искать надо большую машину, типа джипа или пикапа. По характерным особенностям протектора выходило также, что два передних и заднее правое колеса обуты во всесезонные или зимние шины, а на левом заднем колесе — летняя резина. Огородив это место найденными тут же жердями, чтобы никто не растоптал важные улики, опера на не-послушных от дикой стужи ногах напере-гонки припустили обратно, где их ждал те-плый автомобиль.

Худшие опасения Кокорина оправда-лись — место происшествия было совер-шенно растоптано проверяющими, искать там дальше какие-либо следы не имело смысла. Завтра, уже по свету, опера при-едут снова, чтобы еще раз все осмотреть и, возможно, найти какие-то дополнительные улики. Но это будет завтра, а сейчас надо было забрать труп и продолжить осмотр в морге, поскольку экстремальные погодные условия не позволяли полностью это сде-лать на месте.

Следственная группа уже сидела в дежур-ной машине. Владлен сообщил следователю прокуратуры, что обнаружены следы пред-полагаемого преступника и его автомаши-ны, и схематически нарисовал на листке бу-маги это место.

— Хорошо, с экспертом зафиксируем эти следы, — отреагировал следователь, — а вы организуйте доставку трупа в морг. Мы будем ждать вас там.

Обычно доставкой трупа в морг занимается участковый, на чьей территории тот обнаружен. Но опера справедливо рассудили, что поднимать участкового в такой холод не стоит, да и найти машину для транспортировки в такой час будет сложновато, поэтому решили управиться своими силами. Они открыли багажник автомашины Владислава и с трудом впихнули туда тело неизвестного мужчины, которое оказалось слишком тяжелым даже для двух довольно крепких оперативников. Владислав, очевидно, почувствовал неладное: когда опера открыли дверцу, чтобы сесть в машину, то застали его уже на переднем пассажирском сиденье — подальше от чудовища, так сильно его напугавшего и расстроившего многообещающее романтическое свидание.

— Что, боишься? — улыбнулся Кокорин. — Живых надо бояться, а это всего-навсего труп. Что он тебе сделает?

— А я же видел, как он ходил, — выдавил из себя Владислав. — Как глаза закрою — так он снова на меня идет... Бр-р-р!

Прежде чем сесть в машину, Владлен чуть помедлил, глядя на вершину горы и думая совсем о другом убийстве, которое терзало немым упреком его душу.

— Все равно раскроем, будь ты трижды «глухарем», — пробормотал он, закрывая дверцу.

В морге продолжили осмотр трупа. Когда судебный медик расстегнул на нем куртку, в кармане рубашки опера обнаружили водительские права на имя Александра Мальцева и удивленно переглянулись между собой.

— Ба! Да это же Малик, — воскликнул Кокорин, — «торпеда» бригады «западных»!

Владлен прекрасно знал, о ком идет речь. Малик был бойцом организованной преступной группы, именуемой среди оперативников «западной», бывшей в числе самых мощных среди действующих в республике. В бригаду Малика привел один из лидеров, Чехов, для выполнения роли «торпеды» — участвовать в разборках, осуществлять охрану лидеров группировки, выбивать долги, заниматься рэкетом. Был Малик огромного роста, обладал недюжинной силой, равных по которой в бригаде не знал.

— Кто его смог грохнуть-то? — размышлял Владлен вслух. — Непростой парень, кто-то одолел же его. Однозначно бандитские разборки.

— А мог он ходить, передвигаться самостоятельно после таких ранений? — спросил Кокорин судебного медика.

— Это точно скажу только после вскрытия, — ответил эксперт, — но вполне мог и передвигаться какое-то время. Это не исключается.

— А почему он ходил по кругу? — не отставал от эксперта Кокорин.

— Можно предположить, что он двигался на уровне инстинкта, неосознанно. Голова сильно повреждена, он, мне кажется, был уже не жилец. Только за счет крепкого здоровья и физической силы...

После осмотра трупа опера с Владиславом на его машине выехали в управление. Было три часа ночи.

4

В кабинете оперативники вскипятили чайник и, пододвинув Владиславу чашку горячего сладкого чая, начали его опрашивать:

— Еще раз расскажи, как все происходило. Более подробно.

— Сегодня вечером... — Владислав, сделав глоток, посмотрел на часы, — нет, уже вчера вечером я со своей знакомой решил покататься на машине по городу. Забрал ее от работы, она парикмахер. Мы посидели в кафе, потом я собирался показать ей гору Чочур-Муран в лунную ночь, как раз такая ночь вчера выдалась. Года два назад я примерно в это же время был там, мне очень понравилось, выглядело все как в сказке, поэтому и хотел, чтобы Оксана увидела эту красоту. С собой взял фейерверки, чтобы салютовать на горе. Приехали мы туда примерно в одиннадцать часов вечера со стороны ботанического сада. В городе висел туман, но нам повезло — возле Чочур-Мурана было ясно и светло как днем. Встали под горой и даже не успели выйти на улицу, как кто-то постучал в дверцу автомашины. Я дверцу открыл, и мы увидели его... Страшное зрелище! Дверцу я тут же захлопнул и хотел гнать оттуда поскорей, но забуксовал на снегу. Тогда я из машины выскочил и увидел, что человек ходит по кругу: я заметил на снегу большой круг, им, скорее всего, и утоптанный. Перепугался я и побежал в сторону шоссе. Там меня и подобрал таксист.

— А когда подъезжали к горе, видел этот круг? — спросил Димов Владислава.

— Нет, не заметил. Скорее, круг уже был, просто я за разговором с Оксаной мог не обратить внимания. Получается, когда мы подъехали, человек там уже кружил. Как я не заметил его?! — Мужчина замолк, вспоминая ночные ужасы.

Опера, понимая, что Владислав к убийству непричастен, решили отпустить его домой и пока не беспокоить Оксану, которую, очевидно, врачи тоже после осмотра отпустили домой.

— Владислав, езжай домой, — сказал ему Владлен. — У тебя отморожены уши и щеки — если есть желание, заскочи в ожоговое отделение, пусть обработают и перебинтуют. Иначе долго будет заживать.

— Нет, сначала найду Оксану, а потом только в больницу, — запротестовал Владислав, которому предстояло объясниться со своей возлюбленной.

— Ну, давай, не унывай, найди свою красавицу, а мы остаемся искать убийцу твоего чудовища, — попрощались с ним опера. Какой-то налет сказочности надо было придать этому ночному происшествию, чтобы хоть немного приодобрить Владислава.

Когда тот покинул кабинет, Владлен обратился к Кокорину:

— Толя, поднимай свою агентуру. У тебя под бригадой «западных» есть же свой человек — ты сможешь его сейчас найти?

— Попробую, — Анатолий начал набирать номер телефона, — должен быть дома, он сейчас не пьет... — На том конце провода кто-то поднял трубку. — Алло, это я, надо срочно встретиться... Нет, до утра не терпит, одевайся и выходи, я подъеду. Минут через двадцать.

Спустя час Анатолий вернулся.

— С человеком встретился, — доложил он Владлену. — Интересная картина получается. В бригаде «западных» состоит Толя Житков, ты же его знаешь, спортсмен-каратист. Житкова в бригаду еще до Малика привел тот же Чехов — они вместе занимались карате. Как известно, Житков в городе держит ломбард. Помнишь, ближе к осени этот ломбард обокрали — вынесли почти все? После кражи пропали два охранника — именно их подозревали в этом преступлении. Они не здешние, откуда-то из Подмосковья. Так вот, отвечал за безопасность в бригаде Малик, он и подогнал этих охранников Житкову. Были разборки, которые закончились ничем. Житков нагонял на Малика за его охранников, которые его обокрали, подозревал, что Малик сам организовал кражу. Однажды в ресторане они даже подрались, но их быстро разняли. После этого они стали врагами.

— Так-так, а у Житкова ведь джип, — проговорил в задумчивости Владлен, — и роста он небольшого, сорок первый размер обуви ему как раз впору...

— Да, намечается работенка, — оживился Кокорин. — Ребят будем поднимать?

— Не стоит, — ответил Владлен, — уже полшестого, часика через три все и так придут на работу, пусть еще поспят. А тем временем мы с тобой проверим Житкова. Съездим к нему домой, адрес у меня где-то есть. — Он порылся в бумагах. — А вот и адресок, тут недалеко, по Лермонтова. Посетим его под видом того, что раскрыли кражу из его ломбарда. А застанем его дома — сразу и задержим. «Окружать» не будем.

«Окружать» — значит ходить вокруг да около, выслеживать, разнюхивать, проводить опросы соседей и прочие оперативные мероприятия, направленные на изучение личности и поведения подозреваемого, выявление его причастности к совершенному преступлению еще до его задержания. Это совершенно необходимые действия со стороны оперативных работников для изобличения опасных преступников, но Владлен часто пренебрегал ими. Из-за чрезмерной перестраховки и осторожничанья преступник нередко ускользал из рук. Оперская практика научила Димова, что действия с наскока, без особой подготовки более эффективны, чем долгая и нудная разработка преступника.

— Мы слишком переоцениваем своих оппонентов, — говорил он коллегам, тщательно разрабатывающим планы по задержанию подозреваемого. — Надо ставить себя на место преступника и думать как он. Они такие же люди, со своими слабостями и предпочтениями.

Вот и теперь Владлен собирался действовать напрямую, без особых прелюдий. Кокорин же, наоборот, был мастером разрабатывать блестящие операции и с успехом их реализовывал. Эти два опытных сыщика своими контрастными методами прекрасно дополняли друг друга, и оттого их работа всегда приносила отличные результаты.

— Я бы немного понаблюдал за Житковым, — Кокорин явно осторожничал, — втихаря исследовали бы протекторы его автомашины... Но раз решили, так решили. Идем!

Владлен от души был признателен верному другу.

Оставив дежурную машину за домом, чтобы подозреваемый ее не заметил, оперативники зашли в подъезд и позвонили в квартиру. Долго никто не отзывался. После нескольких настойчивых звонков сонный женский голос через закрытую дверь спросил:

— Кто такие?

— Мы из милиции, — ответил Кокорин, — посмотрите в глазок на мое удостоверение. Мы в отношении Анатолия, по его ломбарду, тут людей задержали, поэтому хотели с ним поговорить.

Услышав про ломбард, женщина тут же открыла дверь.

— Анатолия до сих пор нет, я звонила ему несколько раз, он не берет трубку, — пояснила она, зевая. — Я его жена, он часто приезжает под утро, обычно торчит в ресторане «Лена» со своими ребятами. Кого задержали-то по ломбарду?

— Бывших охранников, — ответил ей Кокорин, подавая визитную карточку. — Как подъедет домой, позвоните по этому номеру.

— Хорошо, передам. — И женщина закрыла дверь за оперативниками.

Когда спускались по лестнице, хлопнула входная дверь подъезда. Оперативники инстинктивно нащупали пистолеты, готовясь к непредвиденной ситуации. Навстречу им поднимался сам Житков! Увидев оперативников, а он их тоже хорошо знал в лицо, Житков побледнел. Он так и застыл на середине лестничного пролета, позволив оперативникам подойти к нему и застегнуть на его запястьях наручники.

— Ну, здравствуй, Анатолий. — Владлен взял его под локоть. — Где твоя машина?

— На улице. — Житков старался изобразить удивление. — А в чем дело?

— Сейчас все объясним, — Кокорин подхватил Житкова с другой стороны, — веди нас к машине. Где от нее ключи?

— В правом кармане. — Житков приподнял застегнутую наручниками руку, давая возможность Кокорину достать из кармана ключи.

Подойдя к машине, Кокорин обошел ее, осматривая колеса, и сказал только одно слово:

— Отлично!

Владлен понял, что протекторы шин соответствуют обнаруженным следам, и, облегченно вздохнув, велел Кокорину:

— Садись за руль, а мы с твоим тезкой сядем сзади.

Житков, видя, насколько уверенно и деловито ведут себя оперативники, понял, что у них нет ни малейшего сомнения в том, что он преступник, поэтому принялся продумывать варианты ответов на каверзные вопросы сыщиков. Понимал он и то, что ответеться от этих тертых оперов вряд ли удастся, поэтому разрабатывал наиболее приемлемую версию произошедшего, чтобы максимально облегчить свою участь.

Прибыв в управление, Владлен завел Житкова в кабинет, а Кокорин остался в машине с намерением осмотреть ее со всех сторон.

В кабинете Димов предложил Житкову стул и поставил чайник. Житков сидел молча, ожидая вопросов, но сыщик спокойно занимался своими делами, словно задержанного и не было тут вовсе. Когда вскипел чайник, Владлен налил себе кофе и предложил Житкову, но тот отказался от угощения. Затем Владлен долго и с наслаждением пил кофе, все так же не обращая внимания на сидящего напротив. Наконец терпение Житкова лопнуло.

— Зачем меня сюда привезли? — спросил он допивающего кофе Димова. — Подозреваете меня в чем-то?

Владлен, ничего не ответив, налил себе вторую чашку. В это время в кабинет заглянул Кокорин.

— Влад, выйди в коридор, надо поговорить.

Димов пристегнул Житкова наручниками к батарее и вышел.

— Все отлично, — радостно встретил его Кокорин, — протекторы совпадают точь-в-точь. В кабине я обнаружил биту со следами крови и прилипшими волосами, на задней дверце брызги крови. Убийство совершил он!

— Давай вызывай следователя, — распорядился Владлен, — надо официально осмотреть машину, зафиксировать все следы преступления, изъять биту. А я поговорю со злодеем.

— Хорошо, я проскочу к нему на дежурной машине.

— Житков, какой у тебя размер обуви? — начал свой допрос Владлен.

— Сорок первый, а что? — Житков непонимающе посмотрел на него. — В чем меня подозреваете?

— Если я минут пятнадцать назад и подозревал тебя, то сейчас это чувство у меня пропало. Теперь я уже знаю, что ты убил Малика. И мотивы твои нам известны, поэтому, прежде чем отрицать причастность к преступлению, крепко подумай. От твоего первого допроса зависит, пойдешь ли ты в колонию на пятнадцать лет или получишь срок поменьше. Все зависит от тебя, а убийство мы тебе докажем, даже не сомневайся.

Житков сидел и молчал. По его лицу было видно, что внутри его одолевает буря противоречий — признаться или остаться в полном отказе. Он понял, что арест неизбежен, и прикидывал, как минимизировать последствия совершенного преступления.

Владлен продолжал:

— Если ты сейчас даешь полный расклад и признаёшься в убийстве, мы не будем глубоко копать всю твою подноготную — передадим тебя следователю, а там уж ты сам определяй свою судьбу. Если же выбираешь отказ, мы пойдем на принцип, тогда тебе мало не покажется. Эти ваши разборки нас сильно не волнуют, есть дела поважнее — убийства ни в чем не повинных людей, в том числе и детей. Нам бы этими делами заняться, а не вашей бандитской разборкой. Давай, Анатолий, думай быстрее, через час здесь появится следователь, тогда уже будет поздно.

Житков наконец заговорил:

— Как вы на меня так быстро вышли? Вроде нигде не засветился. Однако оперативно сработали...

— Как мы на тебя вышли, никого не должно волновать. Это наш хлеб, и мы его отрабатываем честно. — Владлен про себя облегченно вздохнул оттого, что Житков начал признаваться в убийстве. — Давай расскажи все, что происходило под горой.

— И труп нашли?! — удивился Житков. — Вы что, за мной следили? Я-то думал, до весны никто Малика не обнаружит.

— Конечно, нашли, а то как бы тебя вычислили? — Владлен внутри торжествовал, что один из известных в городе бандитов, который в принципе должен быть полным отрицалой, начинает сотрудничать со следствием. — К твоему несчастью, труп обнаружили гражданские. А кстати, он был еще не трупом, когда ты его закапывал в снег. Он вылез из-под снега и шарахался под горой, пока не отдал богу душу... или дьяволу.

— Он что, был еще живой?! — все больше удивлялся Житков. — Не может этого быть — после таких ударов по голове битой... Поразительно!

— Давай, времени мало, — поторопил Житкова Владлен, — рассказывай, как все происходило. Следователь уже на подходе.

— Налейте все-таки мне кофе, — попросил Житков, — в горле пересохло.

Отпив немного и удобно устроившись на стуле, Житков начал рассказывать.

5

— В бригаду меня привел Николай Чехов. Я тренировался в зале, где занимались и члены группировки. Вот Чехов однажды и пригласил меня на свой день рождения. Там, в ресторане «Лена», я познакомился с парнями бригады. Они меня приняли хорошо, и мы стали постоянно общаться.

Житков сделал еще несколько глотков и продолжил:

— Примерно полтора года назад, весной, Чехов привел в бригаду Малика. Они планировали использовать его в качестве «торпеды» — для грязной работы: для наездов, выбивания долгов, рэкета. Одним словом, бык быком. А посвящали его в бандиты на природе. Был май месяц, вся бригада выехала на шашлыки. Расположились под Чочур-Мураном, там и представили Малика группировке. Он мне сразу не понравился: какой-то мутный и отмороженный «пассажир». Такие люди непредсказуемы и опасны, но я со своей оценкой нового члена бригады промолчал. И вот однажды заикнулся я Чехову, что мне нужна хорошая охрана для ломбарда, а он поручил это дело Малику, который отвечал в бригаде за охрану и безопасность. Через несколько дней Малик привел двух парней, характеризовал их только с положительной стороны, и я взял их на работу. Сначала все было хорошо, они нормально выполняли свою работу, зарплата их устраивала. Малик часто наведывался, проверял, как работают. Так продолжалось чуть больше полугода. И вдруг ночью меня поднимают по случаю кражи из моего ломбарда. Прибываю в ломбард и обнаруживаю ужасную картину: все двери выломаны, злоумышленники пользовались даже болгаркой, чтобы вырезать замки... — Житков замолчал, вспомнив тяжелые и неприятные для него дни. — Одним словом, вынесли все золото и ценные вещи, разорили меня полностью. Охранников между тем не видать — пропали. Я сразу же позвонил Малику, сказал, что меня обокрали, и спросил, где охранники, как их найти. Малик повел себя странно, начал говорить, что плохо их знает и где сейчас они могут находиться, понятия не имеет. Вот тогда-то я и заподозрил, что кражу он организовал. Однажды в присутствии всей бригады я прямо предъявил претензию Малику, что его люди меня обокрали и сам же он все это организовал. Малик только ухмылялся и оскорблял меня, тогда я не выдержал и ударил его. Естественно, завязалась драка, но ребята нас быстро разняли. Моих претензий к Малику никто в бригаде не поддержал, и только потом я стал догадываться, что Малик без отмашки лидеров не пошел бы на это дело. А охранники после совершенной кражи могли уже покоиться где-то под землей. Отношения с бригадой у меня постепенно стали портиться, я уже не отстегивал в общак, да и денег у меня больших уже не было.

Житков допил остывший уже кофе и попросил Димова:

— Мне бы в туалет сходить, нет мочи терпеть!

Когда Владлен с Житковым вышли в коридор, навстречу им попался дежурный милиционер.

— Где Кокорин? — спросил у него Владлен.

— Уехал за следователем на дежурной машине. Что-то долго они возятся там: следователь на выезде, еще один труп обнаружен, предварительно самоубийство. Оттуда сразу сюда — осматривать машину.

После туалета Владлен снова вскипятил чайник и налил себе и допрашиваемому кофе, и Житков продолжил свой рассказ:

— Вчера вечером я заехал к Малику домой. Он удивился. Я сказал, что хочу с ним помириться, мол, со временем я стал задумываться, что, может, он и правда не при делах. По его лицу было видно, что он мне поверил. Я предложил ему съездить в то место, где его посвящали в бандиты, чтобы он там поклялся, что не причастен к краже, — мол, только тогда я смогу ему поверить окончательно. Он клюнул на эту удочку и пошел со мной. Мы приехали на Чочур-Муран и остановились под горой. Я попросил Малика выйти из машины, и когда он вышел, я с битой выскочил следом и сразу ударил его по голове. От первого удара он упал, я еще несколько раз ударил. Я бил со всей силы и был уверен, что он уже мертв, поэтому забросал его снегом и уехал.

— Анатолий, а как ты потом собирался объясняться перед бригадой, что убил одного из ее членов? — спросил Владлен. — Они бы все равно узнали.

— Наплевать! — глаза Житкова поблескивали от злости. — Я из нее ухожу, это они науськали Малика на кражу. Когда примкнул к ним, то совершил самую большую ошибку в жизни.

— Анатолий, помнишь, летом обнаружили два трупа на Чочур-Муране? — Владлен заговорил об убийстве, которое его больше всего волновало. — Ты можешь что-нибудь объяснить по этому поводу?

— Конечно, помню. Рыночные войны, но наши точно там не замешаны. Мы обсуждали тогда этот случай. Никто ничего не знает.

— А Сазонов? Он может быть причастен?

— Черт его знает, но он крутился возле рынков. А по жизни он никто, бывший ваш сотрудник, сутенер, который спит и видит себя в стане «черных». Идиот! Кто его признает «черным», от него за версту разит «краснотой»! А так он беспредельщик, вполне может пойти на убийство. Но честное слово, никакой информации про это убийство у меня нет.

— Хорошо, Анатолий, сейчас прибудет следователь, я тебя передам ему, а там выкарабкивайся сам.

— Спасибо, — Житков был благодарен, что оперативник его не обманул, — будем выкарабкиваться.

Через полчаса приехал Кокорин со следователем, который быстро осмотрел автомашину Житкова, изъял все вещественные доказательства и распорядился поставить транспорт на штрафстоянку. С легким сердцем Владлен передал ему задержанного, а сам решил поговорить с Кокориным о деле.

— Толя, что случилось с горой? Десятилетиями там ничего не происходило, а тут за полгода четыре трупа. Никак она жаждет?..

— Хочешь сказать, что она требует жертвы? — Кокорин улыбнулся. — Не бери в голову, простое стечение обстоятельств. Сейчас опять на десятилетия успокоится.

— Не знаю, не знаю, — покачал головой Владлен, — что-то необъяснимое тут есть. Ладно, не будем забивать голову всякой чепухой, работы и так хватает.

Часы показывали восемь утра. «Управились за шесть часов — неплохо для серьезной и абсолютно неочевидной мокрухи», — думал Владлен, поднимаясь по лестнице к начальнику УГРО для доклада.

* * *

Через три дня Житков был арестован, но в следственном изоляторе просидел недолго — вскоре его освободили. Очевидно, хорошо выстроенная линия защиты помогла ему избежать сурового наказания.

Какое-то время спустя он пригласил к себе домой одного из лидеров бригады «западных» и, ничего не говоря, ударил его ножом в сердце. Человек умер на месте, но Житкова на этот раз даже не арестовали, так как на следствии он заявил, что к нему проникли в жилище и напали, а он вынужден был защищаться.

Следствие шло долго, Житков находился под подпиской о невыезде и однажды решил прогуляться на свежем воздухе и заодно показать ветеринару свою захворавшую собаку. После ветеринара Житков не спеша направился обратно, ведя собаку на поводке. Когда он почти дошел до дома, раздался резкий визг тормозов — и собака отпрянула в сторону, отчего Житкова развернуло, и он увидел наставленное на него из окна автомашины дуло пистолета. Прозвучали выстрелы, Житков упал как подкошенный. Автомобиль проследовал дальше и скрылся за углом.

Прохожие осторожно обходили лежащего на мокром асфальте человека, уставившегося стеклянными, невидящими глазами далеко ввысь. Рядом сидела собака и, подняв морду к небу, громко, заунывно выла.

Противостояние

1

Прошло пять лет. За это время изменилось многое. Димов теперь работал в министерстве внутренних дел, возглавлял отдел по раскрытию убийств. Произошли изменения и в его личной жизни. Вот уж год, как в семье Владлена и Марии растет второй сынишка, которого родители назвали Кешей.

— Леша, Кеша! — зовет сыновей отец, открывая дверь квартиры, и, еще не видя их, слышит радостный возглас старшего:

— Папа пришел!

Леша бежит навстречу отцу, младший же, держась за стену, пытается не отставать от брата.

Кокорин остался в УВД — руководил убойным отделом. Министр подал в отставку, в милицию пришла новая команда руководителей.

Сменилось и руководство администрации города. Правовое управление перестало заведовать рынками. В управление по торговле, курирующее рынки, пришли профессионалы, которые немедленно убрали из оборота черный нал, и в течение месяца с рыночным криминалом было покончено раз и навсегда. Но эти же управленцы пошли дальше и так же «профессионально» приватизировали Центральный рынок. Теперь он оказался в частной собственности.

Однажды Владлен встретился с Васнецовым, который покинул администрацию вместе со старым главой и находился без дела.

— Я же предупреждал, что подставляем парня, назначая его на эту опасную должность, — посетовал он, когда разговор зашел об убийстве Алексеева и Попова. — Тогда меня никто не хотел слушать, а ведь трагедии можно было избежать. Жалко парней. Что, дело так и «заглухарило» навсегда?

— Самому себе не могу простить, что не раскрыли это дело, — с горечью проговорил Владлен. — Столько судеб поломало это убийство... Но в глубине души надеюсь, что когда-нибудь раскрутим его. Должны раскрутить.

— Давай, успехов, — попрощался с ним Васнецов. — Если что, я на связи.

Набрал силу и Сазонов. Он сколотил приличную и чрезвычайно опасную группировку. Опасность ее заключалась в интернациональности — она не была привязана ни к одному улусу и состояла в основном из ранее судимых. При необходимости Сазонов мог быстро собрать до двадцати-тридцати бойцов для бандитских разборок. Другие группировки в городе постепенно увядали и распадались, легализовавшись в коммерческие и иные структуры, так что на их фоне бригада Сазонова выглядела более чем внушительно, к тому же ее прикрывали лица, связанные с правоохранительной деятельностью. Если прочие, еще действующие в городе группировки не кичились подобными связями, то Сазонов почитал их за высшее свое достижение; если другие группировки придерживались хоть каких-то воровских понятий, то Сазонов в своей деятельности во главу угла поставил беспредел. Одним словом, это была самая могущественная и опасная группировка на тот момент, но опытные сыщики понимали, что долго так продолжаться не может: империя, выстроенная этим лжеавторитетом, могла рухнуть в любое время.

Сазонов открыл первый в городе ресторан со стриптизершами в древнеегипетском стиле, используя свой богатый опыт сутенерства. Интересная история произошла с названием этого ресторана. Сначала Сазонов назвал его «Фараон». На одной из сходок блатные предъявили Сазонову претензии: «фараон» на блатном жаргоне — это тот же мент, а посему они ногой не ступят в его ресторан. Сазонов не на шутку испугался, так как почти состоял в касте «черных», откуда слететь было немудрено, и быстро поменял название на «Тутанхамон». Блатные продолжали упорствовать: Тутанхамон же фараон — значит, мент. Только когда ресторан был переименован в «Клеопатру», блатные успокоились.

Заведение имело дурную славу. Здесь никого не жалели: если клиент не нравился охране или не был способен оплатить по счету, его жестоко избивали и выбрасывали на улицу. Только за полгода существования ресторана в городе нашли два криминальных трупа — по странному стечению обстоятельств оба человека перед смертью посещали «Клеопатру». Тем не менее от желающих побывать в этом злачном месте отбоя не было. Всем хотелось хлеба и зрелищ, ведь в городе оголенных девиц больше нигде не увидишь! И не только девиц. Нередко там можно было застать высокопоставленных чиновниц городской администрации и правительства, перед которыми извивался какой-нибудь стриптизер, специально привезенный из Москвы. Одним словом, вертеп...

У оперативников была информация, что у Сазонова в ресторане находилась потайная комната, куда заводили пьяных посетителей, избивали и грабили. Возможно, оттуда и вывозили те криминальные трупы, которые потом обнаруживались в других местах города. Опера несколько раз были в ресторане под видом посетителей, но потайную комнату так и не смогли вычислить.

Однажды к Димову обратился оперативник из имущественного отдела, занимающийся борьбой с квартирными кражами, по имени Петр:

— Семеныч, знаю, что «окружаете» Сазонова, а ведь он со своими подручными меня чуть не грохнул.

— Как?! — удивился Владлен. — Расскажи-ка подробнее.

— Чего греха таить, — начал он свой рассказ, — месяц назад я немного запил. Сначала с друзьями сидели в ресторане «Лена», выпили хорошо, а потом черт меня дернул поехать в «Клеопатру». Там мы проторчали почти до утра, я сильно опьянел и даже немного поспал за столом. Были телки и всякое такое, танцевали стриптиз. Когда я не-

много очухался, друзей рядом не было, и я
решил тоже идти домой. Возле выхода меня
задержали охранники, я им показал удостоверение, тогда один из них куда-то ушел и
вернулся с Сазоновым. Я сказал ему, что денег у меня нет, и обещал на следующий день
принести причитающуюся сумму. Тогда Сазонов кивком головы приказал охранникам
вести меня в конец зала, а там такой узкий
коридор, который ведет к подсобному по-
мещению. И вот когда меня повели по этому коридору, один из охранников что-то нажал на стене, и прямо на ровной поверхно-
сти стены образовался дверной проем. Туда
меня и толкнули. Оказался я в маленькой
комнате без окон и дверей, за мной охранники следом. Сазонов тем временем улету-
чился. Я когда понял, что меня будут убивать, моментально протрезвел. Стал глазами искать какой-нибудь предмет, чтобы
защититься. На свое счастье, заметил в углу
огромный черпак, которым обычно поль-
зуются в солдатских столовых. В армии я с
таким черпаком дрался в столовой с целым

отделением солдат соседней части. Поэтому, недолго думая, схватил я этот черпак и нанес одному из охранников удар по голове, он не успел среагировать и сразу упал. А второго охранника я просто-напросто отходил черпаком вусмерть и, выбравшись в коридор, сбежал через черный ход.

— Петр, спасибо, — поблагодарил Владлен оперативника, — нам эта информация пригодится, но пока Сазонова трогать не будем — не за что. То, что они тебя хотели убить или побить, доказать невозможно и не нужно. Ты сам это понимаешь. А так прошу, Петр, ты завязывай с выпивкой: если бы не этот чудесный черпак, спасибо ему, нашли бы мы тебя где-нибудь в городе с проломленным черепом. Ты понял меня?

— Семеныч, да я сам понимаю. С того дня ни грамма в рот... А так, надо вообще бросать пить, до добра это не доведет.

— Вот-вот, и я о том же. — И добавил, прощаясь с оперативником: — Когда будем сажать Сазонова и его шоблу, подключишься к нам.

Весной на сходке решалось, войдет ли Сазонов в касту «черных», то есть в высший эшелон криминалитета. Сходка проходила в духе советского парткома, рассматривающего персональное дело члена партии. Преступные авторитеты степенно поднимались и поочередно задавали вопросы кандидату.

— Ты же служил в милиции, — говорил один из авторитетов. — Как с таким багажом хочешь стать в ряды «черных»?

— Я не был аттестован, — отбивался Сазонов, — был простым стажером. А это несчитово, я никогда не был ментом. Я всегда придерживался воровских понятий, в общак плачу нехилые бабки.

— Считово или несчитово — решать нам, а не тебе, — вставил другой авторитет. — Расскажи, что за случай был с изнасилованием малолетки.

— Дело было сфабриковано, — Сазонов еле сдержался, чтобы не обматерить допросчика, — дали девять лет, а потом оправдали.

— А сидел же в милицейской колонии, — не отставал авторитет. — Что по этому поводу можешь сказать?

— Я не просился в эту колонию, — ответил Сазонов, собрав последние остатки терпения, чтобы не взорваться негодованием в адрес своих «оценщиков»: ведь все они кормятся у него. — Судья меня туда определил волевым решением. Что я мог сделать?!

— Ладно, иди пока, через часик подойдешь, — наконец решили авторитеты, — мы тут будем совет держать.

Через час Сазонов вернулся на сходку, где ему объявили, что он отныне принадлежит к касте «черных» со всеми вытекающими отсюда правами и обязанностями. Так бывший милиционер, благодаря своей изворотливости и наглости, но прежде всего деньгам, стал одним из криминальных авторитетов города. Этот случай был достоин войти в анналы истории криминальной России как экстраординарный.

Однажды Владлен случайно встретил Сазонова на улице и, крепко схватив за шарф, с издевкой проговорил:

— Что, Сазан, перекрасился в «черного»? Ну-ну, молодец, только братков доморощенных жалко, кто за тебя ходатайствовал и вывел в авторитеты. С них будет спрос жесткий со стороны воров в законе, если бывший мент накосячит. Купились они на твои деньги, да?

Сазонов кое-как высвободился из цепких рук Владлена — телохранители перед грозным оперативником даже с места не двинулись.

2

Весна уже прочно вступила в свои права, впереди маячило лето. В выходные оперативники министерства засобирались на природу. За зиму все истосковались по шашлыкам, хотелось посидеть возле костра, пропахнуть дымом, поесть сочного и душистого мяса, погонять мяч на траве.

Было несколько вариантов, куда отправиться отдохнуть, но последнее слово оставалось за Димовым.

— Ребята, давайте выедем на Чочур-Муран, там тепло и тихо, а то сегодня ветерок свежий, на берегу нас продует. На поляне можно и в футбол поиграть.

— Действительно, — обрадовались все, — там отличное место со своим микроклиматом, едем туда!

Опера расположились в березовой рощице, разожгли костер и принялись играть в футбол. Владлен взял оладьи, намазал их маслом, налил в одноразовый стаканчик кумыса, который он специально купил в соседнем магазине, и направился к подножию горы. Под горой он остановился и, положив угощение на землю, тихо проговорил:

— Благословенная гора, дай мне силы раскрыть убийство, которое терзает мою душу уже не один год. Открой мне свою страшную тайну. Зачем ее держишь в себе? От нее страдаешь и ты. Долгое время ты охраняла свой покой, но злые нелюди нарушили твою тихую безмятежность, настало время очиститься от скверны.

Владлен молча стоял и ждал каких-либо признаков того, что гора вняла его просьбам, он искал эти признаки и, если их и не было, он бы все равно их придумал, чтобы немного успокоить себя, унять ту злость, с которой он ругал себя уже пятый год.

Радостный крик оперативников, забивших первый гол, вывел Владлена из раздумий.

Шашлыки получились на славу! Вдоволь отдохнувшие и сбросившие с себя груз негатива, накопившегося за долгую зиму, оперативники, тщательно убрав место отдыха, покинули Чочур-Муран.

Через несколько дней на стол Владлена легло агентурное донесение, полученное одним из сыщиков от своего источника оперативной информации. В донесении сообщалось о том, что Сазонов и его подручные, всего пять человек, в одном из спортивных залов города избили палками известного спортсмена Алексея Гаврилова, причинив ему серьезные повреждения головы, в результате которых он перестал слышать на одно ухо. Указывалось также, что Гаврилов в милицию не заявлял, лечится у знакомых врачей.

Это был шанс! Если убедить Гаврилова подать заявление об избиении с тяжкими последствиями, то появится возможность заключить Сазонова под стражу и проверить его на причастность к убийству Алексеева и Попова. Упускать такой шанс было нельзя.

Димов нашел Гаврилова на даче. Сильный человек, в свое время не оставлявший никаких надежд своим соперникам на ринге, теперь он шел ему навстречу, прихрамывая, осторожно передвигая ногами. Владлен знал его давно, еще с тех пор, когда тот был на пике своей спортивной карьеры, поэтому они поздоровались и обнялись как старые приятели.

— Алексей, сколько лет, сколько зим! — приветствовал он Гаврилова. — Я к тебе по делу. Можем где-то посидеть, поговорить?

— Конечно, пройдем в дом, посидим за чашкой чая. — И Алексей направился к дому, держась за руку Димова.

Он налил чаю и пододвинул чашку Владлену, очевидно, догадываясь о цели визита знакомого оперативника.

— Думаю, что речь пойдет о моем избиении. Правильно?

— Да, Алексей, ты правильно думаешь. Мы случайно узнали об этой истории, поэтому я здесь и нахожусь.

— Я в милицию не заявлял, хотел сам разобраться с каждым по отдельности, — проговорил он, тяжело вспоминая неприятные моменты: глаза его зло заблестели. — Они, как шакалы, впятером с палками на одного. Били долго, минут сорок, не хотели убивать, а спецом искалечить только. Поэтому наносили удары не смертельные, знали, что делали. Теперь я перестал слышать на одно ухо, да и голова постоянно болит... Как оклемаюсь, разберусь со всеми. А почему милиция заинтересовалась моим делом, тем более убойный отдел? Что, своей работы мало стало?

— Алексей, работы по горло, — ответил Владлен, — но я пришел к тебе как к другу, чтобы ты помог мне в одном деле.

— И в каком же деле я могу тебе помочь? — удивился Алексей.

— Моя самая большая головная боль — это убийство Алексеева и Попова. Уже пять лет прошло, но не могу успокоиться.

— Знал я Серафима, хороший, порядочный был парень. — Алексей, вспоминая былые времена, смотрел в окно. — До него я тоже какое-то время работал директором рынка, всего полгода, а потом ушел, невозможно было там работать.

— Постой, а я и не знал, что ты был директором, — удивился Владлен. — А когда это было?

— Года за два до тех событий, после меня еще несколько директоров сменилось, а потом назначили Серафима...

— Вот дела! — сокрушенно вздохнул Владлен. — С двумя предыдущими директорами поговорили, а до тебя не дошли. Тогда сразу вопрос: Сазонова откуда знаешь?

— А кто его не знает? Он тогда возле рынка ошивался, подходил ко мне, предлагал всевозможные схемы, пытался угрожать. Однажды я его «уронил» прямо в коридоре, после этого он от меня отстал, но обиду не забыл. Вот со своими подручными и побил.

— Так причина была в этом?

— Да, в этом. Когда избивали, Сазонов схватил меня за волосы и цедил сквозь зубы, что я пойду вслед за Серафимом. Короче, намекал, что убийство Алексеева и Попова его рук дело.

— Что, прямо так и говорил?! — Владлен был поражен рассказом Алексея. — Он же почти в открытую тебе признался! С чего бы это?

— Да он же почувствовал свою полную безнаказанность. — Алексей с досадой махнул рукой. — Его крышуют тут многие, с УБОПа, прокуратуры, вот он и пошел на беспредел. Да и «черным» его признали — ты об этом слышал? Теперь он блатной, а вроде в милиции служил. Ничего не понимаю, куда катится мир!

— Знаю эту историю. — Владлен понял, что разговор приобретает интересное направление. — Случай уникальный, как милиционер перекрасил свою масть. Алексей, оказывается, я пришел к тебе не зря. Мы давно подозреваем Сазонова в убийстве Алексеева и Попова, но пока никаких зацепок нет. В связи с твоим делом появляется возможность арестовать его, уж тогда мы попытаемся его припереть к стенке. От тебя требуется только заявление, остальное дело наше...

— Не хотелось бы: милиция, допросы, суды... Не люблю я это. Сам разобрался бы по одному со всеми.

— Алексей, просто так разобраться не получится, они сейчас сильны как никогда, будут трупы с твоей или с их стороны. Хочешь лечь в могилу или сесть в тюрьму из-за этих ублюдков? Прошу ради убитых парней — напиши заявление.

Гаврилов встал и, прихрамывая, прошелся взад-вперед по дому, думая, как ему поступить в данной ситуации. С одной стороны, соблазн наказать обидчиков своими руками был велик, но с другой — слова опытного оперативника заставляли усомниться в правильности этой затеи. «Действительно, зачем рисковать из-за каких-то уродов? Пусть этим занимается милиция, тем более они заинтересованы и возьмутся за них крепко. Оперативник надавил на сознательность — просит написать заявление ради убитых парней. Как тут ему откажешь?» — размышлял он. И наконец решился.

— Хорошо, я напишу заявление. Куда принести?

— Напиши прямо сейчас, я с собой возьму. — Владлен еле сдержался, чтобы не броситься на Алексея с объятиями, ведь ради этого он и пришел. — Я сам зарегистрирую и дам ход твоему заявлению!

Когда Алексей написал заявление по факту избиения и передал его Димову, тот бережно положил документ в папку, попрощался и с легкой душой покинул дачу.

По пути Владлен заскочил в городской отдел, зарегистрировал заявление Гаврилова, и колесо следствия потихоньку закрутилось. Стали таскать свидетелей, осматривать место происшествия, следователь назначил судебно-медицинскую экспертизу для установления тяжести полученных Гавриловым телесных повреждений. Конечно, все эти движения не остались незамеченными для Сазонова и его бригады. Будучи пока на свободе, Сазонов попытался застопорить дело на ранней стадии, подключив свои влиятельные связи и подговорив ряд свидетелей. Но Владлен и ребята были готовы к этим противодействиям и заручились поддержкой заместителя прокурора республики, в свое время курировавшего расследование убийства Алексеева и Попова.

Началась позиционная война между могущественной криминальной группировкой и оперативниками министерства внутренних дел. Все следили с замиранием в сердце за этим противостоянием. Проигрыш Сазонова означал бы ликвидацию всей группировки; в случае же, если опера не смогут доказать его вину, престиж уголовного розыска будет подорван на долгие времена.

3

Все-таки весенняя погодка коварна и непредсказуема. Владлен, понадеявшись, что уже наступило лето, щеголял на улице в легкой одежде и сильно простыл. Болезнь охватывала его организм постепенно, занимая все новые и новые позиции: сначала был насморк, затем запершило в горле, далее перекинулось на бронхи...

К концу рабочего дня силы были на исходе, и он, отпросившись у руководства, ушел домой отлежаться. Он не любил при простудах обращаться к врачам и ограничивался домашними средствами: горячим молоком с медом, чесноком, горчицей и банками. Начальство знало о его предпочтениях в борьбе с недугами, поэтому давало ему возможность пролечиться дома, не требуя

ВИТАЛИЙ ЕГОРОВ

больничного листа, — он с лихвой отработает эти вынужденные прогулы.

К ночи температура зашкалила, термометр показывал почти сорок. Жена тихо подходила к нему и, трогая лоб, приговаривала:

— Владик, тебе совсем плохо, давай вызовем «Скорую»...

Владлен наотрез отказался от врачей и велел жене, чтобы она не подпускала к нему детей, дабы не заразить их. Но эти запреты мало помогали: дети то и дело лезли к отцу, крутились возле него, пока мама не уводила их в другую комнату. Владлену оставалось только надеяться, что болезнь не заразна и не перекинется на родных.

Ночью, то покрываясь холодным потом, то дрожа от озноба, в бреду он терялся в пространстве и времени, ему казалось, что он летит сквозь звезды и тут попадает в царство вечной мерзлоты, где карликовые Деды Морозы силой усаживают его в сани с оленьей упряжкой, и он мчится и мчится по безжизненной тундре...

Наконец это бешеное движение остановилось, и Владлен оказался у подножия горы. Приглядевшись к ее очертаниям, он узнал Чочур-Муран. Было умиротворяюще тихо и спокойно, солнце не просматривалось, но свет исходил отовсюду, до боли в глазах ослепляя Владлена. Прикрываясь от него руками, Владлен увидел, как с горы спускается женщина в белом. Страх охватил все его существо, он хотел немедленно убежать, укрыться, но, как бывает обычно во сне, ноги его, налившись свинцовой тяжестью, не слушались; застыв на месте, он покорно ждал своей участи. Женщина остановилась на расстоянии вытянутой руки. Владлен заметил, что она не ступает по земле, а плывет по воздуху. Лицо ее было светло и даже красиво дивной, не нынешней красотой. В общем, напротив него стояла простая и в то же время необыкновенная женщина, страхи стали покидать Владлена. Постояв немного перед ним, оглядев его с ног до головы, женщина заговорила:

— К тебе послали убийцу, — голос ее отдавался в ушах Владлена гулким эхом. — Остерегайся и держи оружие наготове. Но жди его, он сам к тебе придет с преклоненной головой.

— А кто послал? — смог выдавить из себя Владлен.

— Убийца, которого ты давно ищешь... — И женщина, резко повернувшись, поплыла в сторону горы.

— Постой, кто ты такая? — крикнул он ей вслед.

Женщина оглянулась, но, ничего не ответив, вдруг растворилась в воздухе.

И Владлен очнулся. Тело его покрывала холодная испарина. Он откинул одеяло и сел. Было четыре часа ночи, он чувствовал себя гораздо лучше, руки и ноги дрожали от слабости, но в голове было ясно, дико захотелось есть. Тихо встав с постели, Владлен направился на кухню. Поставив чайник, он задумался о ночной незнакомке. «Надо же присниться такому, — удивлялся он, ощущая во всем еще слабом теле приятную истому от покидающей его болезни. — Наяву работа, во сне работа... Женщина в белом... постой-ка, где-то я такое уже встречал. Ах да, мужички в шестидесятых годах! Однозначно галлюцинация — у тех от бормотухи, а у меня от болезни».

Выпив чаю, Владлен вернулся в постель и, положив голову на подушку, сразу же уснул спокойным и крепким сном выздоравливающего человека. Пик болезни миновал, организм восстанавливался.

Проспав до двенадцати часов дня, Владлен засобирался на работу.

— Владик, полежи сегодня дома, завтра выйдешь, — просила его жена. — Ты еще совсем слаб, посмотри на себя в зеркало.

— Я ненадолго, к семи-восьми вернусь, — пообещал он ей.

— Знаю твое «ненадолго», — ворчала она, подавая мужу одежду, — придешь ночью. Загнешься ведь так.

На работе было спокойно, Димов вызвал к себе оперативников, которые вели дело Сазонова.

— Николай, доложи по Сазонову, — попросил он, — как продвигается дело?

— Все нормально, по плану, — ответил Николай. — Завтра будет готова экспертиза по Гаврилову, мы узнавали: там тяжкие телесные повреждения, после чего уже следователь будет выходить на арест. Так что все по плану.

— Отлично, работайте дальше, — похвалил он оперативников, — я тут пороюсь в документах и пораньше уйду домой — долечиваться. Завтра уже буду в строю.

В шесть часов, когда Владлен уже уходил домой, зазвонил стационарный телефон. С легкой досадой он поднял трубку. На том конце провода кто-то молчал — было слышно только тяжелое дыхание.

— Алло, кто это? Говорите!

Димов уже собрался бросить трубку, но звонивший наконец заговорил:

— Владлен Семенович, вы меня знаете. Я Горохов — тот, которого вы посадили семь лет назад. Убийство на Кирзаводе. Помните?

Владлен с трудом вспомнил про это убийство. Была поздняя осень. Земля уже успела подморозиться, листва с деревьев уж давно опала, но снегопад предательски задерживался, выдавая уже белых зайцев в лесу издалека. В это время охотник-зайчатник, который бродил по окрестностям города, на Намцырском тракте случайно наткнулся на труп, завернутый в цветастое китайское одеяло.

Следственно-оперативная группа, выехавшая на место, никаких личных документов не обнаружила. Судебный медик — пожилая женщина — сообщила Димову о колото-резаных ранениях грудной клетки. Когда труп вывезли в морг, Владлен поехал следом и снял с него отпечатки пальцев. Через два часа он уже знал личность убитого. Им оказался некто Сизых, освободившийся полгода назад из мест заключения. Устанавливая его связи, оперативники вышли на некоего Александра Горохова, проживавшего на Кирзаводе со своей гражданской женой и малолетним ребенком.

Когда оперативники ночью нагрянули в квартиру к Горохову, он после недолгих отпирательств признался в содеянном. Сожительница Горохова, с которой разговаривали в соседней комнате другие сыщики, тоже призналась в соучастии в убийстве и сокрытии трупа. С ее слов, неделю назад к ним пришел Сизых, с которым Горохов сидел в одной колонии, он был пьян и ночью стал ее домогаться. Началась драка, в результате которой они с Гороховым убили Сизых, завернули труп в одеяло и на второй день вывезли его на своей машине в лес.

Во время допроса женщины из спальни вышла разбуженная шумом девочка лет трех и стала хныкать. Владлен взял ее на руки и носил до тех пор, пока следователь не закончил допрашивать маму. За это время девочка настолько привыкла к Владлену, что уже вовсю смеялась и болтала с ним, показывая свои игрушки и семейные фотографии.

Когда Горохова выводили из квартиры, он поцеловал свою дочку, обнял супругу и тихо прошептал, стараясь, чтобы не долетело до оперов:

— Убивал я один, ты не при делах.

Владлен услышал, но промолчал — не хотел принижать отца перед дочерью, которая с детской непосредственностью провожала его, даже не подозревая, что увидит только через несколько лет и что мама может пойти следом за отцом... Одним словом, оперативнику стало щемяще жалко эту семью, эту кроху, судьба которой теперь зависела в том числе и от него. На прощание девчушка вдруг обняла и поцеловала Владлена, вызвав сочувственный смех у сыщиков.

Оперативники повезли Горохова в управление. Там, в ночной тиши кабинета, без лишних свидетелей, между Димовым и Гороховым состоялся разговор, определивший судьбу маленькой девочки.

— Александр, а дочка совместная? — спросил Владлен Горохова. — Чудесная девчушка!

— Да, с Дашей мы живем уже четыре года. — Горохов тепло улыбнулся, очевидно, вспоминая свою малышку, которую невозможно было не любить. — Она единственное, что у меня есть, самое ценное в жизни.

— Вот сейчас вас посадят с женой — кому будете определять свою дочь? Родственники-то хоть есть?

— Есть, но лучше отдать в детдом, чем этим родственникам. — На глазах у Александра навернулись слезы. — Я один пойду по делу, оставьте Дашу на свободе. Я вас очень прошу, сделайте что-нибудь, чтобы ее не трогали, пусть воспитывает ребенка. Она хорошая мама, не пьет, следит за ребенком. Прошу вас, я никого еще так не просил!

Слушая этого несчастного человека, Владлен все больше убеждался, что маму ребенка надо вытаскивать из дела. Ради этой девочки, ради того, чтобы она не осталась без родителей неизвестно где и с кем, Димов был готов пойти на крайние меры.

— Хорошо, я попробую переговорить со следователем, — заверил он Горохова. — Не гарантирую, что он согласится, но попробую...

— Вы уж попробуйте, — оживился Горохов, — я за вас свечку поставлю в часовне колонии!

— Не надо ставить свечку, — замахал руками Владлен, — живой еще!

— Ставят не только за усопших, за благоденствие живых тоже... — возразил Александр. — Я крещеный, в колонии это произошло.

— Ну, тогда можно, — согласился Владлен. — Попытка не пытка, сейчас переговорю со следователем.

Следователь оказался в прокуратуре. Чтобы решить такой деликатный вопрос не по телефону, он, оставив Горохова в управлении, отправился в прокуратуру. Со следователем прокуратуры Димов был в прекрасных отношениях. Сыщики и большинство прокурорских не только трудились вместе днями и ночами, раскрывая убийства и другие тяжкие преступления; они в свободное от работы время приглашали друг друга на свои мероприятия, чтобы отдохнуть, отвлечься от насущных проблем, побывать на природе, поохотиться... Одним словом, жили как одна семья, деля, если было необходимо, последний кусок хлеба. Поэтому Владлен ехал к следователю с надеждой и твердым намерением убедить его в необходимости исключить из дела спутницу Горохова.

— Дима, — обратился он к следователю, — я к тебе по серьезному вопросу. Надо убрать из дела сожительницу Горохова: если обоих посадим, то загубим жизнь их ребенку. Пристроить девочку некуда, нормальных родственников нет, только детдом...

— Как прикажешь это сделать? — удивленно посмотрел на него следователь. — Женщина сама призналась, что нанесла первый удар ножом, Горохов потом только добил.

— Но она же защищалась — этот урод ночью к ней полез, она и ударила ножом. Убийство полностью берет на себя Горохов, и в суде он это будет утверждать. Зачем ребенка оставлять сиротой?

— Допустим. Но как быть с протоколом допроса? Там она прямо признается в убийстве. Утром я должен докладывать прокурору — после будет уже поздно что-либо делать.

— Дай мне этот протокол, — попросил следователя Владлен, — я прямо сейчас съезжу к ней и допрошу заново. Утром новый протокол у тебя будет лежать в деле, тогда и доложишь прокурору. Она же могла наговорить на себя, чтобы защитить мужа.

— Ты меня толкаешь к нарушению закона.

Следователь встал и прошёлся по кабинету. Он имел немалый опыт и знал, что Горохов уже не откажется от своих показаний и все будет брать на себя. «Не тот случай, когда преступники юлят и изворачиваются в суде: на кону семья, которой он, очевидно, сильно дорожит. В конце концов, преступление раскрыто, фигурант признаётся в содеянном. И убитый оказался мерзавцем... А Влад просто так не будет просить, он всегда чувствует, как надо поступать. Он оберегает ребенка, а за это можно и нарушить инструкцию», — пришел он к выводу после недолгих размышлений.

— Ладно, — проговорил следователь, — даю тебе два часа, чтобы новый протокол был у меня. Только ради девочки...

Владлен съездил к женщине, допросил ее заново и принес протокол следователю. Было уже раннее утро, он вернулся в управление и попросил дежурного завести в кабинет Горохова.

— Александр, я исполнил твою просьбу. Пойдешь по делу один, пусть мама воспитывает дочку, — сообщил Владлен Горохову приятную новость. — А ты отсидишь свое и вернешься к семье.

— Спасибо огромное, я никогда этого не забуду. — У Горохова опять навернулись слезы. — Обязательно вернусь.

— Все, Александр, скоро идти к начальнику, прощай, — попрощался с ним Владлен.

Прежде чем выйти из кабинета, Горохов вновь обратился к Димову:

— Вы сделали для меня добро, не сочтите за наглость, помогите еще в одном деле. У меня старенькие «Жигули», жена умеет водить, но у нее нет прав. Теперь ей будет сложно без машины — ребенка возить в больницу, туда-сюда. Походатайствуйте, пожалуйста, перед ГАИ, чтобы ей выдали права.

— Ладно, что-нибудь придумаем. — Владлен вывел Горохова в коридор. — Завтра жена твоя придет к следователю, там и встретишься с ней — передачку принесет тебе, я ее об этом предупредил. Там скажешь, пусть она ко мне подойдет на днях.

...И вот теперь, спустя семь лет, Горохов, о существовании которого Владлен уже подзабыл и дальнейшей судьбой которого никогда не интересовался, звонил ему.

4

— Как не помнить-то, такое не забывается, — ответил Владлен Горохову с долей лукавства, поскольку ни разу не вспоминал про это дело. — Как ты поживаешь, когда освободился, как родные, дочка?

— Разговор долгий, я хотел бы с вами встретиться. Вопрос срочный, откладывать нельзя. Прямо сейчас можем встретиться?

Димову в данный момент меньше всего хотелось встречаться с Гороховым. Он чувствовал себя достаточно слабым после болезни и мечтал побыстрее оказаться дома и, выпив горячего чая с медом, лечь в постель. По своему опыту он знал, что лица, вернувшиеся из мест лишения свободы и имевшие нормальные отношения с оперативниками, обращались к ним за помощью, будь то устройство на работу, оформление прописки, получение каких-то документов, или же предлагали за определенную сумму стать негласным агентом. Владлену пополнить свою агентурную сеть еще одним источником оперативной информации не помешало бы, но не в сегодняшнем состоянии.

— А по телефону не сможем поговорить? Я чувствую себя плохо, хотел идти уже домой, а тут ты звонишь... Может, перенесем встречу на завтра-послезавтра, к этому времени я оклемаюсь.

— Нет, завтра может быть уже поздно, — категорично заявил Горохов. — Надо встретиться именно сейчас. Это не телефонный разговор.

— Хорошо, подойди ко мне, я буду ждать тебя в кабинете. — Димов с досадой сел обратно на стул. — Через сколько будешь?

— Мне появляться у вас нельзя, не хочу светиться. Давайте встретимся в другом месте.

— Где сейчас находишься? — Владлена уже раздражала чрезмерная секретность, которую навязывал ему Горохов, он не признавал шпиономанию и действовал подчас в открытую, если это не вредило делу. — Я подъеду на машине, подберу тебя.

Владлен с ироничной усмешкой вспомнил одного оперативника, который возвел конспирацию в ранг культа. Он встречался со своей агентурой в краеведческом музее. Почти как Штирлиц. В конце концов его разоблачили смотрительницы залов, которым показался подозрительным зачастивший поклонник искусства. Все-таки их музей далеко не Лувр или Третьяковка, где можно затеряться в толпе. Да и не поговоришь со своим осведомителем по душам за чашкой крепкого чая в культурном заведении.

— На площади Орджоникидзе, возле четвертого магазина.

Владлен облегченно вздохнул — Горохов, оказывается, рядом, ехать далеко не придется — и вышел из министерства.

Горохова он узнал издалека. Тот стоял возле фонарного столба, напряженно всматриваясь в проезжающие машины и ожидая ту, за рулем которой будет находиться оперативник, который когда-то отправил его за решетку.

Димов посигналил ему фарами и прижался к обочине. Горохов быстро заскочил на переднее пассажирское сиденье и выдохнул:

— Давайте отъедем в укромное местечко, тут слишком многолюдно.

Владлен тронулся с места, напряженно соображая, куда удобнее завернуть, чтобы было недалеко, быстро поговорить с человеком, у которого явно какие-то проблемы личного характера, а затем поехать домой, где его ждут горячий чай с медом и постель.

Наконец он нашел подходящее место во дворах недалеко от площади Орджоникидзе и за неимением лучшего пространства припарковался возле мусорного бака.

— Ну, здравствуй, Александр... — Владлен немного помялся и спросил: — Тебя же зовут Саша, я не ошибся? Сколько лет прошло-то, уже подзабыл имя!

— Да, Саша. Меня тогда посадили на пять лет — учли то, что потерпевший сам напросился... Отсидел от звонка до звонка, освободился полтора года назад. Жена меня не дождалась, вышла замуж, да и черт с ней, вроде за хорошего человека... Дочка уже подросла, я встречался с ней: ей уже десять лет, отличница, самостоятельная девочка... Жена хорошо воспитала, а мне ничего и не надо больше...

— А сейчас где живешь, чем занимаешься?

— Живу в той же квартире, на Кирзаводе, жена переехала в город к своему новому мужу вместе с дочкой. А я особо ничем не занимаюсь. Работы найти невозможно, а есть-пить надо... Одним словом, я примкнул к Сазану.

— Как к Сазану?! — воскликнул от удивления Владлен. — Вроде бы всех там знаем, а ты не мелькнул ни разу. Расскажи подробнее, как ты у него оказался и что тебя ко мне привело.

— Дело долгое и нудное, если все рассказывать. Вы же вроде болеете...

— Давай все по порядку, мне уже интересно, забудь о моей болезни! — прервал его Владлен. — Я слушаю!

Горохов понял, что заинтересовал оперативника даже сильнее, чем предполагал, поэтому не спеша начал свой рассказ:

— Во-первых, спасибо, вы тогда помогли с правами моей жене. Машина очень нужна была ей, чтобы поднимать дочку,

возить ее в школу, больницу, по другим
делам. Она ведь у меня учится в городе по
месту прописки. Ирония судьбы заключается в том, что жена иногда таксовала на этой
машине и встретила таким образом своего нового мужа. Но я ни на кого не в оби-
де — от судьбы не увернуться. Она мне все
написала, просила прощения, я и простил
ее. В колонии сдружился я с одним пар-
нем, он освободился на год раньше. Однажды приходит от него письмо, что устроился он у Сазана в ресторане охранником.
Про Сазана я слышал давно, но вживую с
ним не общался. Говорили, что отъявлен-
ный беспредельщик, немало наших братков
обидел. После освобождения многие к Сазану тянулись, но он большинство из них
избивал и выкидывал. Но некоторых оставил, сейчас у него группировка самая сильная в городе, в основном из нашего брата
состоит. Головорезов там хватает. Когда я
освободился, в первый же день отправился в ресторан «Клеопатра» к своему другу —
к тому, что освободился раньше и работал

у него охранником. Он меня встретил хорошо, даже организовал стол. Просидел я там до поздней ночи, посмотрел танцы голых девчонок — для меня, пять лет не знавшего женской ласки, это было нечто! Через три дня друг звонит и спрашивает, не хочу ли я присоединиться, то есть примкнуть к их группировке. Обещал ходатайствовать за меня. С моей биографией с двумя судимостями нормальную работу найти сложно, и я согласился. Сазан сам разговаривал со мной, как говорится, проводил собеседование. Так я стал членом группировки. Меня до ресторана не допускали, я был на подхвате, всякие разборки там, драчки и прочее. А драться я умею: хотя и не спортсмен, но в уличной рукопашке ни один боксер против меня не устоит. Увидев, что я хорошо дерусь, Сазан приблизил меня к себе, я иногда сопровождал его на ответственные встречи в качестве телохранителя. И вот вчера Сазан собрал несколько человек, особо доверенных людей, в том числе и меня. Рассказал, что милиция начала копать под него, хочет арестовать. Причина — избиение спортсмена, который стал инвалидом. Избивали этого спортсмена наши, руководил ими лично Сазан. И вот, все это рассказывая, Сазан сообщает, что организовывает его травлю один мент, и называет ваше имя. Сазан предложил мента, то есть вас, «успокоить» — побить битами в подъезде так, чтобы потом только в инвалидное кресло или вообще на тот свет. По правде сказать, я уже давно ненавижу Сазана за тот беспредел, который он учиняет против нашего брата. Признаюсь честно, в глубине души мне хотелось его самому грохнуть, поэтому, когда я услышал ваше имя, решил сыграть в собственную игру. Я сообщил Сазану, что этот мент меня в свое время посадил за убийство, которое я не совершал, и у меня с ним личные счеты. Сазан удивился и обрадовался новости и с удовольствием поручил мне акцию по вашему устранению. Про обстоятельства моего ареста тогда, семь лет назад, и про наши взаимоотношения с вами он ведь не знает. После долгих препирательств, не без моего давления, пришли к единому решению, что убиваем вас на улице выстрелом из обреза. Избиение в подъезде отмели, поскольку для этого потребовалось бы три бойца, кроме того, могли помешать соседи, случайные лица, да и шансов попасться милиции при отходе с места преступления у троих больше, чем у одного. Обрез мне выдали сразу, он хранился у них в тайной комнате под полом. Вот с этими известиями я к вам и пришел. Я не стукач и никого сдавать вам исподтишка не собираюсь, но хочу вернуть свой долг. Вы правильный милиционер, лично в отношении меня и моей семьи поступили по справедливости, по-человечески. Это дорогого стоит.

— И когда же ты должен убить меня? — спросил Владлен Горохова, мало веря в рассказ бандита. «Это может быть провокацией, Сазонов мог направить ко мне Горохова для своей подлой игры. А подлости у него предостаточно. Но, с другой стороны, Горохов вроде бы говорит искренне. Допустим,

Сазонов таки ведет какую-то игру, — надо сделать вид, что я поверил, схватил наживочку, а там посмотрим. Опять же чего они хотят этим добиться? Нет, так не играют, Горохов искренен!» — думал он, ожидая ответа от Горохова.

— Мне дали три дня изучить ваш пеший маршрут от дома до работы. Думаю, это будет в конце недели. А может, мне его самого грохнуть, этим же обрезом? — Горохов вопросительно посмотрел на Димова.

«Ах вот в чем дело! Сазонов хочет повесить на меня организацию покушения на него. У Горохова в кармане диктофон! — осенило Владлена. — Связи в прокуратуре и УБОП — враз заключат под стражу».

— Даже не думай! — Владлен внимательно посмотрел на Горохова, пытаясь по лицу угадать, правда это все или ложь. — А где обрез, ты сможешь его мне выдать?

— Нет, обрез я вам не отдам. Я еще вчера хотел его уничтожить, но передумал и оставил. Берёг до сегодняшнего разговора с вами. Если бы вы сейчас сказали:

иди и убей, — я сразу же пошел и застрелил бы его. Но я знал, что вы этого никогда не скажете. Давайте говорите, как мне поступить.

Владлен, продолжая сомневаться в искренности Горохова, опять подумал, что это тщательно запланированная провокация. И вдруг словно обухом по голове огрело! Он вспомнил ночной сон в бреду, женщину в белом, Чочур-Муран...

— А я ведь знал, что ты придешь, меня об этом предупредила одна женщина...

Терзавшие Владлена сомнения вмиг улетучились, и он поверил в чистосердечие Горохова.

— Какая женщина?! — удивленно вскинул голову Горохов. — У нас работает? Об этом знает только узкий круг людей, среди них нет женщин.

— Нет, не у вас, — улыбнулся Владлен, — она уже давно не работает, лет так двести-триста, а то и больше.

— Вы о чем? — продолжал недоумевать Горохов. — Что-то не догоняю я. Кто такая?

— Ладно, забудем, — Владлен не хотел рассказывать Горохову о своем странном сне, — я пошутил. Дело избитого спортсмена вторично, меня интересует совсем другое — убийство Алексеева и Попова. Что по этому поводу можешь сказать?

— Повторяюсь: я не стукач, но, поскольку ваше предстоящее убийство и убийство этих парней пятилетней давности тесно переплетены, я вынужден про него рассказать все, что знаю. Сазан мне не оставил выбора.

— Я давно подозреваю Сазонова, но кто были его подельники?

Владлен знал, что сейчас Горохов назовет их имена — и это окажутся всем известные бандиты, которые ловко прятали концы в воду в течение столь долгого времени. Ответ Горохова обескуражил Владлена:

— Анатолий Федотов и Игорь Герасимов.

— Почему их не знаю?! — удивился Владлен. — Кто они по жизни?

— Да никто. Федотов отсидел два года за хулиганку, одна ходка, а Герасимов вообще несудимый. Как раз пять лет назад они крутились с Сазаном — его бойцы. Федотова уже нет в живых, а Герасимов пропал. Его Сазан все ищет, да не может найти.

— А с Федотовым что случилось?

— Повесился... вернее, повесили. Сазан от него избавился как от ненужного свидетеля.

— Когда и где это произошло?

Владлен понял, что до горячего чая в постели он теперь не скоро доберется, да и болезни в себе он уже не чувствовал — внутри клокотала невесть откуда взявшаяся энергия.

— Ближе к весне Токай ударил человека ножом — нанес ему тяжкие повреждения — и находился в розыске. Сазан его спрятал в бараке по улице Авиационной. И вот однажды взял четверых парней, в том числе и меня в качестве водителя, и поехал к Токаю.

— Погоди, — остановил Горохова Владлен, — ты про кого говоришь, кто такой Токай?

— У Федотова кличка Токай.

— А-а, продолжай.

— Мы подъехали к бараку, Сазан пошел первым, мы за ним. Токай в бараке был один, мы немного поговорили с ним, попили чаю, а потом Сазан говорит ему: «Токай, менты тебя ищут сильно, приходили в ресторан, все перевернули. Надо тебя перепрятывать, я отправлю тебя в Новосибирск по земле, там у меня друг. Но, чтобы тебя сильно не искали, надо написать письмо, это письмо я через знакомых ментов подкину сыщикам, которые тебя ищут. Тогда они от тебя немного отстанут». — «Что за письмо такое?» — спрашивает его Токай. «Я сейчас тебе продиктую. — Сазан вытащил из кармана чистый лист бумаги и ручку, положил на стол перед Токаем. — Давай пиши». И начал диктовать, а Токай записывать. В это время на улице что-то зашумело, засигналило, и Сазан кивком головы приказал мне выйти и разведать. Оказалось, что сосед привез песок, а наша машина мешала проезду. Пока я отгонял машину, прошло минут десять, а когда вернулся в барак, то увидел Токая висящим на перекладине турника. Позже я узнал у одного из парней, что Токай, ничего не подозревая, написал свою предсмертную записку, а затем его оглушили ударом и повесили. Так Сазан избавился от одного свидетеля, которого искала милиция за ножевое. Боялся, что Токай расскажет про то старое убийство, его могли расколоть в милиции. Сейчас ищет второго, Герасимова... Если найдет, его ждет та же участь.

— А где сейчас может быть этот Герасимов? — поинтересовался Владлен.

— Не знаю, была информация, что Апперкот прячется в пригородах. Точно не знаю.

— Что за апперкот? — не понял Владлен.

— У Герасимова кличка Игорь Апперкот. Он откуда-то с северов.

— А обстоятельства убийства Алексеева и Попова сможешь мне рассказать?

— Нет, о них мне неизвестно, тогда я вообще не знал Сазана и про это преступление не слышал. Позже мне о нем рассказал один из парней.

— Кто такой?

— Не хотел бы я его сдавать, он не при делах.

Владлен напряженно думал. Для него наступил тот час, тот момент истины, которого он ждал целых пять лет, ради чего многое готов был отдать. Все раскрытые им за последние пять лет преступления, вместе взятые, вряд ли могли для него перевесить значимость этого убийства. За это время он столько раз представлял в разных вариантах, как поставит точку в этом деле (а то, что точка будет поставлена, — в этом он не сомневался), но такой исход оказался для него полной неожиданностью.

В подобных случаях, когда оперативник получает информацию о том, что на него или на другого милиционера готовится покушение, тем более убийство, он обязан немедленно доложить руководству. Но Димов и не думал куда-то обращаться. Во-первых, если дойдет до прокуратуры, его признают потерпевшим и, соответственно, отстранят от дальнейшего расследования деятельности Сазонова. А этого Владлен допустить никак не мог. Он не сомневался в своих операх, но без него, без его участия изобличить такого изворотливого преступника им будет крайне сложно, если не сказать невозможно. Во-вторых, он не доверял вновь назначенному заместителю министра, курирующему уголовный розыск, который пришел с командой нового главы министерства. Его назначение озадачило думающую и работающую часть оперативного состава криминальной милиции. Человек, не проявивший себя ничем в оперативной работе, строящий свою управленческую политику на принципе перестраховки, он для Димова был пустым местом. С его появлением опера впервые почувствовали себя незащищенными: случись что — он не то что не заступится за сыщика, наоборот, поможет его утопить. Обращаться к нему за советом было бессмысленно. Этот вариант Владлен сразу отмел. Оставалось одно: немедленно самому взяться за дело и нанести Сазонову опережающий удар такой силы, чтобы он не смог оправиться уже никогда.

— Он решил поднять руку на милиционера, сыщика, — наконец заговорил Владлен, — ему бы этого никто не простил, информация все равно просочилась бы и дошла до милиции. Он что, самоубийца?

— Беспредельщик конченый, — пожал плечами Горохов, — совсем с катушек слетел. Все идет к тому, что плохо кончит. Так что мне делать?

— Давай так, — определился Владлен, — у тебя в запасе пять-шесть дней — короче, неделя. Ходи к Сазану, говори, что готовишься. А к этому времени я попытаюсь арестовать его по делу Гаврилова, того спортсмена. Тогда вопрос о моем убийстве подвиснет, а там посмотрим... Александр, я тебе верю, ты мне долг вернул сполна, даже с лихвой, за это большое спасибо. В случае чего как я смогу тебя найти?

— Я сам найду вас, если будет нужно.

Горохов пожал руку Владлену и вышел из машины.

5

Первым делом Владлен решил встретиться с Николаем Володиным, сотрудником управления по борьбе с организованной преступностью. С Володиным, высококлассным специалистом в своей области, назубок знавшим все преступные группировки города и их членов поименно, его связывала давняя дружба. Димов всегда обращался только к нему, если надо было раскрутить дело, связанное с организованной преступностью. Вот и теперь звонил ему. Тот оказался на работе.

— Привет, Коля, — приветствовал его Владлен, — надо бы встретиться. Срочное дело.

— Хорошо, где? — с готовностью откликнулся Володин. Он знал, что Владлен по пустякам его бы не потревожил.

— Давай на нейтральной территории, дело слишком деликатное. Парк тебя устроит?

— Хорошо, через полчаса буду там.

Затем Владлен позвонил домой. Он облегченно вздохнул, услышав голос жены.

— Маша, как вы там?

— Сидим дома, тебя ждем.

— Я приеду чуть попозже, начальник приказал доделать одно дело, — соврал он. — Вы пока сидите дома, никуда не выходите. Дверь никому из посторонних не открывайте.

— А что случилось? — встревожилась жена. — Можешь объяснить толком?

— Объясню, когда приду. Сделай, как я тебя прошу. — И Владлен положил трубку, не желая дальше объясняться по телефону.

Зная подлую натуру Сазонова, он не исключал того, что Горохова используют втемную для отвлекающего маневра, а настоящий убийца, может, уже в этот самый момент готовится нанести свой удар, в том числе и в отношении его семьи. При таком раскладе никакие возможные варианты нельзя было игнорировать, лишняя перестраховка здесь не помешает никому.

Когда он приехал в парк, Володин был уже на месте, сидел за рулем новенького блестящего «уазика». Увидев приятеля, вышел из машины, они обнялись и поздоровались. Владлен, стуча по капоту «нулевой» машины, спросил:

— Что за зверь?

— Выдали для отдела, пока сам вожу. Наконец-то заимели собственную машину! Как можно бороться с организованной преступностью в пешем порядке? — Он любовно погладил автомобиль, как всадник погладил бы своего лихого коня.

— Давай сядем в твою новенькую тачку, поговорим, — предложил Владлен, открывая дверцу «уазика», и, как только расположились, начал сразу с главного: — Николай, дело очень серьезное. Сегодня ко мне приходил человек из группировки Сазонова и сообщил, что на меня готовится покушение...

— Покушение?! — поразился Володин. — Ты ничего не путаешь? Кто тебе об этом сообщил?

— Есть такой Горохов, зовут Александром...

— Знаю его, он освободился в прошлом году и сразу примкнул к Сазану. Сидел за убийство.

— Все-то тебе известно, — восхитился другом Владлен, — мощная осведомленность! А я и не знал про то, что он в банде. Горохова я сажал семь лет назад. Тогда я ему помог: убийство они совершили вдвоем с женой, а по делу он пошел один. Надо было кому-то воспитывать маленькую дочку. Вот и явился ко мне этот Горохов — в знак благодарности, что ли... Сазонов ему поручил меня убить — застрелить между домом и работой, я же хожу туда-сюда пешком. Горохову обрез уже выдали...

— Что от меня требуется? — Володин был полон решимости пойти на любой шаг ради спасения друга. — Давай от Горохова возьмем заявление и инсценируем твое убийство. С поличным и хлопнем Сазана.

— Нет, этот вариант не годится. Меня сразу отстранят от дела как потерпевшего. Кроме того, после моего якобы убийства Сазонов вообще не будет общаться с Гороховым и при первой же возможности от него избавится. Как доказать, что он заказал убийство? Никак. Я предлагаю другое. Горохов назвал имена подельников, участвовавших в убийстве Алексеева и Попова. Одного из них Сазан уже успел повесить, сейчас ищет второго. Федотов и Герасимов. Ты их знаешь?

— Федотов, Федотов... У него еще кличка интересная такая... — Володин силился вспомнить, щелкая пальцами, пока ему не помог Владлен:

— Токай.

— Точно, Токай! Название какого-то вина. Да, он находился в розыске, и обнаружили его повешенным. А второго не знаю — такого, по-моему, в бригаде Сазана нет.

— Правильно, он давно отошел от него и прячется где-то в пригороде. Очевидно, боится, что Сазан его грохнет, как Токая.

— И какие будут предложения? — Володину уже не терпелось взяться за дело. — Устанавливаем этого Герасимова?

— Да, надо установить его и отработать плотно. Я прошу, чтобы этим делом занялся ты, а я соберу ребят и попробуем арестовать Сазана за телесные повреждения, нанесенные Гаврилову.

— Знаю про это дело — впятером побили палкой, сделали инвалидом. Но тот отказался заявлять.

— Коля, есть в этом городе что-то такое, чего ты еще не знаешь?! — еще больше удивился Владлен. — Похоже, что нет. А заявление Гаврилов уже подал, я зарегистрировал, возбудили уголовное дело.

— А Горохову какой срок отпустили, чтобы убить тебя?

— Сазан дал Горохову примерно неделю: изучить мой маршрут, подготовить пути отхода, потренироваться. За это время мы должны все успеть. Еще одно. У Сазана в УБОПе есть свой человек — будь осторожен, — напоследок предупредил Владлен Николая.

— Знаю, о ком речь. Все будет хорошо, не беспокойся.

Скрыть что-то от его недремлющего ока было сложно!

Попрощавшись с Володиным, Владлен пересел в свою машину и поехал в министерство, продумывая дальнейший план действий. «Николай, конечно, сильный оперативник. Но заставить Герасимова признаться после стольких лет... Это практически невозможно. Сазана реально можно посадить только по заявлению Гаврилова. Лет пять дадут — и то хорошо. А там поработаем с ним, может, что-то получится на зоне...» — с такими не совсем радужными мыслями он заехал на автостоянку министерства.

Увидев в коридоре оперативника Евгения Кима, Владлен распорядился:

— Собери срочно всех, надо обсудить один безотлагательный вопрос. Я жду в кабинете. Срочно!

Через пять минут за столом в его кабинете собрались шесть сыщиков убойного отдела. Когда на их глазах Димов встал и запер дверь изнутри на замок, оперативники поняли, что их руководитель сейчас сообщит нечто необычное и сенсационное.

— То, что вы сейчас услышите, кроме вас, никто не должен знать. Это кажется невероятным, но, судя по всему, на меня готовится покушение.

При этих словах оперативники непонимающе переглянулись между собой.

— Сведения получены от человека из группировки Сазонова, — продолжил Владлен. — Это не пустая болтовня и не провокация, его словам я верю.

Он подробно рассказал оперативникам о своей встрече с Гороховым и о полученной информации относительно убийства Алексеева и Попова. В завершение Владлен повторил:

— Никто, кроме вас, не должен про это знать. Мы бросаем все силы на то, чтобы арестовать Сазонова за тяжкое увечье человеку. С Герасимовым, подельником Сазонова по убийству, будет заниматься Володин с УБОПа, вы его хорошо знаете. Работа будет вестись параллельно: по тяжким телесным повреждениям, нанесенным Гаврилову, и по убийству Алексеева и Попова. Вопросы есть?

Встал оперативник Ким.

— Все ясно. Это вызов нам всем со стороны распоясавшихся бандитов, и мы достойно им ответим. Следователь уже готов, завтра получим заключение экспертизы по Гаврилову и сразу выходим на арест Сазонова. Все свидетели по Гаврилову допрошены, думаю, что с арестом заминки не будет. Убежден, что завтра после обеда Сазонов будет сидеть в камере.

— Хорошо. — Владлена обнадеживало, что все идет по задуманному плану, ребята работают профессионально и с чувством ответственности. — Еще я прошу: сегодня же в городском отделе найдите материал об отказе в возбуждении уголовного дела в связи с самоубийством Федотова. Если найдете, в любое время принесите мне домой, я все-таки пойду долечиваться. Завтра окончательно выздоровлю и встану в строй.

Дома взволнованная жена встретила Владлена вопросами:

— Владик, объясни мне, что такое случилось, что нам даже выходить на улицу нельзя? Тебе угрожают?

— Маша, есть мудрая пословица, по-моему, кавказская: «За осторожного ребенка мать не плачет». Просто одна банда объявила войну уголовному розыску и может пойти на любой шаг. Мы перестраховываемся. Но ты не беспокойся, банда на стадии ликвидации, через два дня все уляжется...

Владлен решил утаить от жены, что угроза нависла конкретно над ним и его семьей.

— А при чем тут ребенок?! — Жена в панике выхватила из его объяснений значимое слово. — Ты что-то скрываешь от меня!

— В конкретном случае ребенок — это все мы: ты, я, дети, мои коллеги, их семьи.

Это же образное выражение, успокойся, все нормально.

Владлен так и не смог убедить жену в обратном, она весь вечер ходила смурая, изредка поглядывая на него, пытаясь по лицу угадать, насколько серьезная опасность им угрожает.

Ближе к ночи, когда все улеглись спать, в дверь позвонили. Владлен вскочил с постели и, держа пистолет за спиной, спросил, не открывая:

— Кто?

— Это я, Женя Ким, принес отказной материал.

Жена, проснувшись от звонка и выйдя из спальни, в тихой панике взирала на мужа, держащего в одной руке документы, а в другой пистолет.

— Маша, все нормально, — сказал он спокойно, — ложись спать. Мне принесли документы, пойду на кухню изучать их.

Плохо соображая, что происходит, она вернулась в постель, но уснуть уже не могла: несколько раз поднималась, чтобы пригубить водички из стакана, долго стояла возле окна, всматриваясь в темноту двора. Мужа она больше не пытала глупыми, как ей казалось, вопросами.

Отказной материал, который изучил Владлен, давал такую картину. В дежурную часть городского УВД позвонил неизвестный и сообщил, что по улице Авиационной, в одном из бараков, произошло самоубийство. Приехавший на место участковый обнаружил повешенного на самодельном турнике человека и предсмертную записку следующего содержания: «Я ухожу, надоело все, больше прятаться здесь не могу. Если что, простите за все. Прощайте, Анатолий». Документы, найденные при повешенном, указывали на то, что это некто Федотов Анатолий Петрович, без определенного места жительства и работы. Милиционер опросил нескольких соседей, но никто толком не смог охарактеризовать квартиранта, покончившего жизнь самоубийством. Результаты судебно-медицинской экспертизы показали, что мужчина скончался от механической асфиксии. На теле в области лобной части головы обнаружен прижизненный кровоподтек с рассечением кожного покрова от удара тупым тяжелым предметом, квалифицируемый как легкое повреждение. И больше ничего.

«Не густо, — подумал Димов, убирая материалы в папку. — Завтра надо поговорить с участковым. Может, дополнительно что скажет. Однозначно его повесили. Оглушили чем-то — и на турник...»

Выпив горячее снадобье, приготовленное по собственному рецепту и представлявшее собой немыслимую смесь из молока, меда, чеснока и стручкового перца, Владлен отправился спать. Завтра его ждал тяжелый день.

6

Утром Владлен почувствовал себя достаточно бодрым. Съел бутерброд с сыром, разогрелся горячим чаем с медом. На часах еще семи не было, но он хотел оказаться на работе пораньше. Перед уходом собрался оставить на столе записку жене с напоминанием соблюдать вчерашние предосторожности, но та уже проснулась.

— Нам сидеть дома? — спросила она с тревогой в голосе. — Мы хотели сегодня прогуляться.

— Да, потерпите дня два, никуда не ходите. А может быть, вас увезти к маме? После работы я туда заеду, все вместе и вернемся домой.

— Ночью, что ли? Нет, мы посидим дома.

— Ладно, в обед прибегу домой, — заверил он жену и ушел.

В кабинете Владлен в ожидании появления оперативников перебирал документы, приводил в порядок дела. В полдевятого народ стал подтягиваться, первым пришел Ким.

— Все, я сейчас поеду за заключением эксперта и к следователю. Поедем к прокурору за санкцией на арест. Долго рыбонька поплавала на воле, пора в сети! Остальных, кто участвовал в избиении, мы задержим на трое суток и решим, что дальше с ними делать.

— Давай, Женя, жду от тебя хороших новостей. — Владлен крепко потряс руку Кима. — Как получите санкцию на арест — сразу дай знать!

Проводив его, Владлен позвал молодого оперативника и распорядился, чтобы тот съездил в городской отдел, нашел участкового и поговорил с ним по факту обнаружения трупа Федотова.

— Может быть, он сообщит дополнительную информацию, которую не счел нужным занести в протокол, — проинструктировал он опера. — Расспроси его хорошенько, не торопясь, обстоятельно.

Теперь надо было связаться с Володиным.

— Николай, здравствуй, — приветствовал его Владлен по телефону. — Мои отправились к прокурору за санкцией. После обеда Сазан будет в камере. Остальных пока задержим, а там решим с ними. Как у тебя дела?

— Пока работаем, — бодро ответил Володин. — Я уже примерно установил, где может скрываться этот Герасимов. Зарядил свою агентуру, на днях мне сообщат, где точно его искать.

— Я поднял отказной материал в отношении Федотова — Токая этого. Его явно повесили: на лбу гематома — оглушили, скорее всего, а потом повесили. Так что остается только бога молить, чтобы Герасимов еще был жив.

— Полмесяца назад его видели, если за это время не убили — значит, живой. Влад, не беспокойся, я его достану из-под земли.

— Давай, успехов! Как поймаешь — сразу информируй, даже если будет ночь!

У Владлена в глубине души впервые появилась искорка надежды, что убоповец найдет и раскрутит Герасимова на убийство.

Владлен, как и обещал жене, пообедал дома, а когда вернулся в министерство, там его поджидал оперативник, которого он отправлял беседовать с участковым.

— Семеныч, поговорил с участковым. Он говорит, что за два дня до обнаружения трупа во дворе видели автомашину иностранной марки белого цвета и группу парней. Они зашли в тот барак, где потом был найден труп, побыли там полчаса и уехали. Он сообщил также, что обнаружил палку с мелкими брызгами крови, но не придал этому значения, поскольку считал, что произошло самоубийство. Следователь прокуратуры — молодая девушка — тоже на это не обратила внимания.

— А где эта палка, они изъяли ее? — без особой надежды поинтересовался Владлен.

— Нет, оставили на месте. Я в этот барак съездил, да разве ж ее найдешь. Там сейчас живут бродяги, одного я застал — совершенно невменяемый. Скорее всего, палку уже в печи спалили.

— Ладно, спасибо, — поблагодарил Владлен оперативника. — Узнай, как там Ким, что с арестом Сазана.

Ждать долго не пришлось, в кабинет ввалился широко улыбающийся Ким и с порога доложился:

— Семеныч, все отлично! Прокурор сразу дал санкцию на арест, напутствовал, чтобы раскрутили и дело Алексеева с Поповым. Мы ему показали все наши оперативные материалы по этому убийству, он изучил их и остался доволен. Так что работаем!

— Собери ребят, — велел Владлен Киму, — едем арестовывать Сазана и его банду!

Ким, оказывается, заранее подготовился к задержанию бандитов: он с раннего утра отправил двух оперативников для скрытого наблюдения за Сазоновым, поэтому точно знал, где тот находится.

— Он у себя в ресторане с тремя своими людьми, — доложил Ким руководителю. — Появился там в полдень, пока никуда не уходил.

— Едем! — скомандовал Димов. — Сколько нас человек?

— С вами семеро, — ответил Ким, вызвав у Владлена улыбку.

— Я уже не сыщик, что ли? Кстати, возьмите Петра с имущественного отдела — у него с Сазаном свои счеты: тот его убить хотел в свое время. Он нам покажет потайную комнату — пыточную, так сказать.

— Как убить?! — удивились оперативники.

— Вот так! Потом расскажу! — коротко ответил Владлен, времени для разъяснений не было.

Когда подъехали к ресторану, Владлен приказал:

— Берем по-жесткому, всех уложить на пол. Если среди них будет Горохов, в отношении него действуем как с остальными, чтобы не заподозрили. Потом разберемся.

И парадный, и задний входы были заперты изнутри. Оставив двух оперативников со двора, оперативники постучались с парадного входа. Сначала никто не отозвался, но после настойчивых пинков в дверь с той стороны кто-то подошел и громко крикнул:

— Что долбитесь, совсем охренели, сейчас дверь сломаете! Ресторан откроется только вечером, так что уматывайте!

— Открывай, это пожарные, — продолжали стучать оперативники, — плановая проверка!

— Какие пожарники?! — возмущался человек, завозившийся тем не менее со щеколдой. — Мы их не вызывали!

Когда он выглянул с недовольным лицом из-за двери, чтобы удостовериться, действительно ли явились пожарные, Ким коротким и акцентированным ударом отправил его на пол. Один из оперативников остался с лежащим на полу, пристегивая его наручниками к массивной дверной ручке, другие же бросились в комнату, где находились остальные бандиты.

Ким так же четко отправил на пол и Сазонова — тот даже не успел понять, откуда прилетела неприятность, заставившая его сознание на несколько секунд покинуть бренное тело хозяина. Двух остальных опера тоже уложили на пол. На всех надели наручники и убедились, что Горохова среди задержанных нет, чему Владлен от души порадовался. «Горохов был бы сейчас лишним. Сложно было бы его отпустить, не вызвав у сообщников подозрений», — мелькнуло у него, пока он поднимал с пола Сазонова, который уже приходил в себя и дико озирался по сторонам замутненным взором. Узнав, что перед ними милиционеры, Сазонов даже как-то повеселел. «Трясешься за свою жизнь, сволочь, — прочел мысли Сазонова Димов, усаживая его на стул. — Подумал, наверное, что напали бандиты враждующей группировки. Считаешь, что их стоит бояться больше, чем милиции. Что ж, попытаемся доказать тебе обратное».

— За что?! — наконец прохрипел Сазонов. — Беспределом начали заниматься? С вами разберется прокуратура.

— Еще посмотрим, кто с кем будет разбираться, — бросил Владлен Сазонову и приказал оперативникам: — Сазонова в министерство, остальных по городским отделам.

Когда Сазонова вывели из ресторана, Владлен позвал к себе того самого оперативника из отдела по борьбе с кражами.

— Петр, покажи, где находится потайная комната, где тебя чуть не лишили жизни?

Петр долго ходил взад и вперед по коридору, пытаясь разглядеть на стене невидимую дверь. Наконец он нащупал за тугими холщовыми обоями квадратную кнопку и нажал ее. В стене плавно образовался аккуратный проем. Оперативники зашли в чисто прибранную комнатенку.

— Да, это было здесь, — подтвердил Петр, — в том углу стоял черпак. А дверь изнутри открывается легко, за ручку.

— Давай поищем, тут под полом должен быть тайник, где прятали обрез, — предложил Владлен. — Линолеум надо поднять.

Когда подняли край покрытия, в полу обнажились неприбитые короткие дощечки, отличающиеся по цвету от общего ряда.

Убрав их, оперативники обнаружили небольшой тайник с несколькими битами и прутьями из толстой арматуры.

— Ладно, закрывай все обратно, потом осмотрим официально, — велел он Петру. — Поехали в контору.

Когда Сазонова привезли в министерство, следователь предъявил ему постановление об аресте. Тот даже не взглянул на документ и потребовал адвоката.

— Без него я ни одну бумагу не подпишу. Ваша филькина грамота мне побоку!

Через два часа, когда прибыл адвокат, следователь допросил Сазонова и отправил его в изолятор временного содержания. Как и ожидалось, Сазонов полностью отрицал свою вину в избиении Гаврилова, но Владлен и оперативники были спокойны — доказательств у них было выше крыши.

Вечером Владлену позвонил Горохов.

— Можно вас поздравить? Оперативненько сработали, не ожидал, что так быстро все разрешится. Я отхожу от дел, прошу меня не искать, никаких показаний давать не буду. Рад, что все так благополучно... А обрез я скинул, не беспокойтесь, ствол никогда больше не «заговорит».

— Александр, спасибо тебе, я этого никогда не забуду. Звони, если понадоблюсь, — попрощался Владлен с человеком, которому был обязан жизнью. — Счастья тебе.

Так закончилось противостояние Димова с коварным и жестоким преступником, подозреваемым в совершении самого громкого убийства, единственного в своем роде — породившего целое общественное движение, представители которого требовали от властей прекратить разгул преступности и наказать нерадивых правоохранителей, прямо и косвенно виновных в допущении беспредела со стороны криминальных группировок.

Теперь, когда Сазонов крепко сидел в тюрьме за другое преступление, перед оперативниками встала непростая задача — собрать доказательства его причастности к убийству Алексеева и Попова. Но первым делом Владлен предупредил оперативников, чтобы о готовившемся на него покушении никто Сазонову и словом не обмолвился, дабы не спалить Горохова и не подвергнуть его жизнь смертельной опасности.

А опера умели хранить тайну.

Раскрутка

1

Поздно вечером, когда Владлен вернулся домой, жена встретила его в тревожном ожидании.

— Как идут дела? — спросила она, имея в виду ликвидацию банды, о которой вчера ей говорил муж. — Когда я смогу с детьми выйти на улицу?

— Дела идут как нельзя лучше, все уже сидят, — успокоил он жену, — можете ходить без опаски. Маша, давай на выходные съездим в одно место на природу, там я расскажу тебе очень интересную историю, сама удивишься. Ладно?

— Ой, конечно! — обрадовалась она. — Дети давно не были на природе. Колю и Васю с собой возьмем. А что за история, наперед не можешь рассказать?

Соседские мальчишки Коля и Вася, близняшки, были друзьями их старшего сына Алеши, росли без отца, Владлен брал их иногда с собой в походы. У мальчишек в такие дни был настоящий праздник.

— Нет, Маша, только там, на природе, узнаешь. Потерпи.

— Остается только скрестить пальцы на удачу, чтобы ничего не случилось на выходные, иначе опять отменишь поездку, — с легкой иронией ответила жена. — Живем надеждами!

— А вот это правильно — скрестить пальцы надо на обе руки, — шутливо подхватил Владлен. — Надежда умирает последней!

— Скорее умирает Маша от хлопот домашних, — горько пошутила жена. — Если поездка отменится из-за твоей сумасшедшей работы, сами с мальчишками сходим в парк.

На второй день Владлен решил поговорить с Сазоновым. Когда того привели в следственный кабинет, Димов всем своим видом показал, что здороваться с ним за руку не собирается. Причина была не только в том, что он глубоко ненавидел этого человека, по большей части вспоминались ощущения пятилетней давности, когда он имел неосторожность приветствовать Сазонова рукопожатием и ему показалось, что он схватил липкую, холодную жабу, так что сразу же захотелось пойти вымыть руки.

— Сколько лет, сколько зим, — расплылся тот с порога, — я уж забыл про тебя! В каком сейчас звании, небось подпол?..

— Давай ближе к делу, — прервал его Владлен, — разговор предстоит серьезный.

— А ты задавай вопросы, — ухмыльнулся Сазонов, избегая прямого взгляда оперативника и нервно шаря глазами по сторонам, — а я подумаю, отвечать на них или нет.

— Знаешь, Сазонов, я в жизни совершил одну роковую ошибку...

— Ты что, решил мне исповедоваться? — язвительно вставил Сазонов. — Давай отпущу грехи.

— Ошибка моя заключается в том, — продолжил Владлен, — что недодавил тебя, гада, тогда, пять лет назад. Наша нерасторопность позволила тебе жить в свое удовольствие и гулять на свободе еще долгих пять лет. Но этому пришел конец, теперь ты не отвертишься от убийства Алексеева и Попова. Вот в этом даже не сомневайся!

— Какое убийство, какие пять лет?! — с откровенной ненавистью и злостью проговорил он, уничтожающе глядя на Владлена. — Докажи — тогда и будет базар. А то подкатывают тут с гнилыми темами. Запомни, заруби себе на носу — я никого не убивал!

«Он чувствует себя вполне уверенно: Токая нет в живых, Герасимов скрывается или уже мертвец, если люди Сазана его успели найти за последние дни. В таком случае все концы в воду... Хотя не все — есть же еще женщина, которая создавала ему алиби! Я про нее совсем забыл, как выйду отсюда, отправлю за ней оперативника. Теперь-то она по-другому запоет, когда Сазан в тюрьме. Про смерть Токая спрашивать бесполезно, ничего не скажет. Эту информацию мы постараемся получить от других подельников, уж тогда предъявим Сазонову убийство Токая», — думал Владлен, слушая наглые высказывания арестованного.

— Сазонов, если ты действительно считаешь себя невиновным, дай согласие проверить тебя на полиграфе.

— На детекторе лжи? — переспросил Сазонов и, недолго подумав, ответил: — Да без проблем! Когда надо?

— Завтра и проведем. — На этом Владлен решил закончить разговор. — Тебя приведут в МВД, там подпишешь свое согласие на прохождение проверки.

— После проверки тебе придется просить у меня прощения, — ехидно усмехнулся Сазонов, удаляясь в сопровождении конвоира.

Димов тут же вызвал к себе Кима.

— Женя, пять лет назад, когда мы брали Сазана, ему алиби обеспечила одна женщина. Фамилия ее Кирюшина, живет на квартале. Поручи ребятам, чтобы привезли ее ко мне, вопросы к ней появились.

Владлен, отпустив Кима, только собрался поставить чайник, как в кабинет робко постучались.

— Кто там? Войдите! — крикнул он громко, чтобы было слышно.

Дверь открылась, вошла испуганного вида молодая девушка в гражданской одежде и представилась:

— Лейтенант милиции Мазурова, специалист по полиграфу. Мне поручили завтра провести проверку в отношении Сазонова.

Увидев совсем молодого и, очевидно, неопытного специалиста, Владлен почувствовал досаду, но, чтобы не нагнать на девушку еще большего страху, он ничем не показал, что недоволен экспертом.

— Как тебя зовут? — спросил он ее, улыбаясь как можно доброжелательнее.

— Света.

— Света, ты раньше проводила проверку?

— Да, несколько раз проверяла подозреваемых по кражам, разбоям. Подозреваемых в убийстве — еще никогда. Поэтому зашла к вам. Я хотела узнать, вы конкретно знаете, что Сазонов убийца, или же только подозреваете его? Я изучила уголовное дело, там нет ни слова о причастности Сазонова к убийству.

— Правильно, он же сейчас сидит за другое дело. А по убийству он пока только подозревается.

— Хорошо, я все поняла.

Мазурова встала, собираясь идти, но Владлен ее остановил.

— Света, скажи мне честно, полиграф можно обмануть?

— Можно, но это зависит от многих факторов. У нас специальная методика по выявлению лжи на полиграфе и борьбы с ним...

— Довольно, дальше не объясняй, — остановил ее Владлен. — Действуй смело и беспристрастно, мне нужна реальная картина. Ознакомься с оперативными материалами в отношении Сазонова у нашего опера Евгения Кима. Согласуйте вместе вопросники по полиграфу.

После обеда появился Ким.

— Семеныч, плохи дела. Кирюшина ранней весной повесилась. Наши подняли отказной материал: если бы не повесилась, то могла умереть от передозировки наркотиков. У нее запредельная доза принятой наркоты.

— Ба! Сазан мог ее накачать наркотой и повесить. Что-то слишком много трупов вокруг этого Сазана. Сколько времени прошло между повешением Токая и самоубийством Кирюшиной?

— В том-то и дело, что совсем ничего. Всего девять дней. Сазан заметает следы. Если Герасимова он уже грохнул, то убийство Алексеева и Попова не доказать, — озадаченно проговорил Ким.

— Ладно, оставь материалы по Кирюшиной и возьми под контроль дело Гаврилова, — велел Владлен Киму. — Сазана надо железно посадить по этому делу хотя бы на два года реального срока, тогда и по убийству его вести будет сподручнее. Я возлагаю большие надежды на Володина, он плотно работает по Герасимову. Девушка-полиграфист заходила?

— До сих пор у нас сидит, изучает материалы, составляет вопросы для полиграфа. Ответственная девушка, подошла к делу серьезно.

Вечером к Димову заглянул «имущественник» Петр.

— Семеныч, в камере, куда определили этого Сазана, сидит мой человек, который проходит по серийным квартирным кражам. Я его вытаскивал после обеда на допрос, он мне шепнул интересную новость. Вы что, собираетесь проверить Сазана на детекторе лжи?

— Да, Петр. — Владлен посмотрел на него удивленно. — Он что, про это рассказывает сокамерникам?

— Еще как! Зашел в камеру и сразу стал устанавливать свои порядки. Выгнал с нар одного старого зэка и занял его место. Кичился своими знакомыми из блатного мира. Хотели с ним разобраться, но не посмели, а вдруг блатные за него подпрягутся? Короче, беспредельщик. Он рассказал, что завтра его будут проверять на детекторе лжи, хвастался, что знает, как обмануть эту технику. Главное — ненавидеть и презирать тех, кто проводит проверку, за людей их не считать, быть спокойным, как слон, — тогда, мол, аппарат клинит.

— А про убийство разговор не вел? — спросил Владлен.

— Нет, про это молчит. Он тертый калач, никогда вслух про убийство не станет говорить.

— Спасибо, Петр, — поблагодарил оперативника Владлен. — А твоего человека еще можно использовать, если вдруг появится необходимость?

— К сожалению, нет, его вечером увозят в Марху, в следственный изолятор.

2

На следующий день после обеда к Владлену зашла Мазурова. Она уже не производила впечатления робкой девушки. В ее движениях чувствовалась уверенность, глаза горели. Торжествующее и раскрасневшееся лицо свидетельствовало, что тестирование она провела успешно, с результатами, которые наверняка заинтересуют оперативников из убойного отдела.

— Владлен Семенович, он убийца, — только открыв дверь, звонко доложила она. — По всем пунктам. Пытался противодействовать, но у него ничего не получилось, я его быстро раскусила!

— Света, ты молодчина! — обрадовался Димов, вздрогнув от ее неожиданного появления и еще до конца не веря радостной вести. — Садись, сейчас организую кофе, расскажи по порядку.

— Привели его два конвоира. Скажу честно — неприятный тип. Пытался любезничать, изображал из себя невинного агнца. Сначала проводились подготовительные мероприятия, то да сё, а когда наступило время непосредственного тестирования, вылезла наружу вся его волчья натура.

— Давай с этого места поподробнее, — попросил Владлен Мазурову. — Опиши, как все происходило. Очень интересно!

— В первом тестировании я спросила, какие он совершил преступления, о которых еще неизвестно милиции. Здесь я подготовила шесть вопросов: грабеж, угон авто, кража, поджог, убийство, хранение оружия. Полиграф показал реакцию Сазонова на последние два, то есть убийство и оружие. Значит, он может быть причастен к убийству. Также его следует проверить и на хранение оружия. Вот, Владлен Семенович, сами посмотрите полиграмму.

— Насчет оружия мне уже известно, — проговорил Димов, принимая от полиграфиста лист бумаги. — Вот убийство...

Он первый раз в жизни держал в руках результаты тестирования на детекторе лжи. На бумаге была изображена кривая, состоящая из нескольких кривых линий, напоминающая кардиограмму, только сложнее. Средняя линия пульсировала относительно спокойно на протяжении первых четырех вопросов, а когда прозвучал пятый, относительно убийства, кривая устремилась вверх, обозначая реакцию Сазонова. Владлен вглядывался в кривую, пытаясь понять, что ему напоминают ее очертания. То, что он разглядел в этом всплеске кривой линии, сильно его озадачило: это были контуры горы Чочур-Муран! «Фу-ты, черт! Так и спятить можно, если во всем видеть эту гору! Или это ее хозяйка старается мне помочь? Все, хватит страдать ерундой!» — думал он, то ли тревожась, то ли радуясь в душе и дальше рассматривая полиграмму. На последний вопрос, об оружии, полиграмма тоже показывала реакцию, но гораздо более слабую. «Конечно, после шокового вопроса об убийстве тема оружия должна была поблекнуть однозначно», — сделал он умозаключение.

— Здорово, — тихо проговорил Владлен, возвращая полиграфисту результаты первого теста. — Воочию убедился впервые, раньше только слышал. Давай следующий тест.

— Вторым тестом мы хотели узнать, как звали людей, которых убили. Среди шести имен реакция наблюдалась на Алексеева Серафима и Попова Сергея.

— Хорошо, но Сазонов же не знал Попова. Тот случайно оказался там. Почему реакция на него сработала? — засомневался Димов.

— Не обязательно знать лично. Убийство-то Алексеева и Попова громкое было, у всех на слуху. Все средства массовой информации пестрили об этом. Сазонов прекрасно запомнил фамилию убитого им человека.

— Убедила, дальше, — согласился Владлен.

— Третий тест — по подельникам. Из девяти фамилий реакция была на Федотова Анатолия и Герасимова Игоря. Они были с Сазоновым на убийстве. Дальше протестировала его в связи с обстоятельствами смерти Федотова. Согласно реакции на полиграфе, Сазонов его повесил.

— Вот это да! — восхитился Владлен, слушая полиграфиста. — Работать не надо, сыщики не нужны, целый день сиди за полиграфом, пропускай всех подряд через него!

Света улыбнулась и продолжила:

— На вопрос о том, где он был двадцатого июня, полиграмма показывает реакцию на дом Алексеева и ботанический сад. Следующий вопрос — о том, чем угрожали потерпевшим, — вызвал реакцию на обрез.

«У Горохова был обрез, который ему дал Сазонов. Надо переговорить с Гороховым, изъять бы оружие, может, тот самый обрез и есть... Все-таки они угрожали оружием, потому парни и поехали покорно с убийцами. Вот и разгадка!» — думал он, слушая Свету.

— Теперь самый главный вопрос, который, очевидно, вас сильно интересует, — сообщила интригующе Света. — Место, где жертвы были убиты.

— Очень интересует, этим вопросом я задаюсь уже пять лет! — с нетерпением воскликнул Владлен. — Только не говори, что рядом с Чочур-Мураном! Мы там все облазили.

Света сочувствующе посмотрела на опытного оперативника, который отдал много сил и часть себя, чтобы раскрыть главное убийство в своей жизни, и проговорила:

— Как раз рядом с Чочур-Мураном, на даче.

— Как?! — поразился Владлен. — Там пяди земли нет, которую бы мы не обследовали. Подробнее объясни, как происходило тестирование.

— Чтобы узнать, где именно произошло убийство, я составила шесть вопросов: в машине, в частном доме, в коттедже, на даче, на улице, в лесу. При вопросе о даче произошла реакция, вот посмотрите на полиграмму. — Света показала кривую линию, которая резко устремилась вверх.

На этот раз Владлен не заметил схожести полиграммы с Чочур-Мураном. «Слава богу, а то мерещится всякий вздор!» — мелькнуло у него в голове.

Света продолжала:

— Соответственно, убийство могло произойти на даче. У вас имеется на примете дача, которая подпадает под подозрение?

— Нет.

— Ладно, идем дальше. — Света перелистнула бумаги.

Владлен смотрел на нее, в душе восхищаясь решительными движениями, твердостью голоса, которая шла от внутренней убежденности в своей правоте... «Где вчерашняя перепуганная девчонка? Ведь совсем другой человек: сильный, уверенный, профессиональный. Это убийство станет для нее отправной точкой, сейчас она преступников и убийц будет щелкать как орехи».

— Я решила узнать, где может находиться эта дача. Задала вопрос с указанием пяти районов города. Когда прозвучало название Чочур-Муран, произошла реакция на полиграмме. Я пришла к выводу, что дача может находиться недалеко от горы.

— Неужели это правда?! — Владлен встал и прошелся по кабинету. — Наши опера исходили там все вдоль и поперек. Где это место?

— На вопрос, где спрятали тела, из десяти вариантов реакция опять произошла на Чочур-Муран. Так что можно не сомневаться, что полиграф показывает реальную картину, несмотря на попытку противодействия со стороны подозреваемого. Мы же знаем, что трупы нашли там.

— Света, Сазонов в камере хвастался, что сможет обмануть полиграф. Для этого, мол, надо ненавидеть проверяющих и быть спокойным, как слон, тогда полиграф ничего не покажет. Он прав?

— Он дилетант, — улыбнулась Света. — Где он нахватался такой ереси? Я на полиграмме вижу все его попытки обмануть меня, но, повторяю, у нас своя методика выявления лжи. Так что пусть отдыхает.

— Сколько еще тестов осталось? — спросил ее Владлен. — Основные моменты, по-моему, ты доложила.

— Еще пятнадцать. Но они не такие интересные, как те, про которые я доложила.

Я вам оставлю документы, посмотрите на досуге.

— Спасибо, Света, ты даже не представляешь, как помогла нам, — поблагодарил он полиграфиста. — В следующий раз обязательно будем использовать полиграф. Практически ты же раскрыла преступление!

— В Америке я получила бы медаль за раскрытие опасного преступления, — улыбаясь, ответила Света, — там результаты полиграфа в некоторых судах считаются за доказательство. А у нас это просто бумажка, только для внутреннего убеждения и применения, ни один суд не признает его за доказательство.

— Да уж! В Америке на основании только твоего тестирования Сазонов завтра же получил бы пять пожизненных сроков или сел на электрический стул, если бы не повезло со штатом, где разрешена смертная казнь. Демократия называется! — иронично заметил Владлен. — Разумеется, я утрирую, но думаю, что недалек от истины. А насчет медали... Медаль, конечно, не обещаю, но со своей стороны напишу обстоятельный рапорт на имя министра о поощрении тебя за красивую работу. Так держать!

— Спасибо, до свидания! — Света, радостно попрощавшись, выпорхнула из кабинета.

3

В первое же воскресенье Владлен с утра съездил на работу, изучил сводку происшествий, навел порядок в документах и в полдень был уже дома. Там его с нетерпением ждал сын Алеша со своими друзьями Колей и Васей. Жена занималась маленьким ребенком.

— Здорово, детвора! — приветствовал он мальчишек. — Готовы к походу?

— Да! — крикнули они хором.

— Тогда давайте марш на улицу, не мешайтесь тут, мы с мамой и малышом следом спустимся. Ждите нас внизу.

— Ура-а! — Дети шумно высыпали из квартиры.

— Владик, все-таки куда мы едем? — спросила жена.

— Машенька, потерпи немного, пусть это будет для тебя сюрпризом. — Владлен собирался сохранить тайну до конца. — Покушать приготовила? Такую ораву кормить на природе — ой-ой.

— Все приготовила, вон в том пакете. — Держа младшего сынишку в руках, она кивком головы показала на пакет. — Не забудь прихватить термос с чаем, он на столе.

Через несколько минут все собрались, расселись, и машина тронулась с места. Ехали недолго, не больше получаса, и оказались под Чочур-Мураном. Стояла тихая погода, было по-летнему солнечно и жарко. Березы шелестели уже сформировавшимися листьями, на поляне пробивались первые летние цветы.

Мальчишки выскочили из машины и побежали наперегонки по полю, Владлен, взяв младшего сына на руки, направился с женой к подножию горы.

— Маша, хочу рассказать тебе одну историю. Когда я болел, в бреду ко мне приходила хозяйка этой горы...

— Какая хозяйка? — ничего не понимала жена.

— Во сне она приходила... Предупредила, что над нашей семьей нависла угроза.

— Ты только из-за этого заставил меня два дня сидеть дома? — с улыбкой спросила она. — Какая-то мистика.

— Ты не поверишь, но на следующий день на работе ко мне пришел человек, которому поручили убить меня... Короче, он явился с повинной.

Жена Владлена внимательно вгляделась в его лицо, пытаясь угадать, не шутит ли он, но, видя, что ему сейчас не до шуток, решила помолчать.

Когда подошли к подножию горы, Владлен тихо проговорил:

— Маша, я вас привел сюда, чтобы показать этой горе, кого она спасла от большого несчастья, и сказать ей спасибо. Может быть, это и мистика, но я верю этой мистике, даже если она существует только в наших головах.

Они молча постояли перед горой, а потом нашли удобное место и сели, наблюдая, как бегают по полю дети, безуспешно пытаясь поймать красивых вертких бабочек.

— Получается, что хозяйка этой горы заставила наемника явиться с повинной? — негромко спросила жена. — Или это удачное совпадение?

— Может быть, и совпадение. Просто когда я того человека сажал семь лет назад, то помог ему немного. Скорее совпадение, но хочется верить в чудеса... — Владлен протянул малыша маме: — Маша, подержи ребенка, я схожу к машине и принесу что-нибудь из еды, надо попотчевать гору.

Семья пробыла у Чочур-Мурана довольно долго, Владлен успел поспать в тени берез, пока жена и дети пытались подняться до вершины, но, устав и не одолев даже половины пути, вернулись обратно.

Когда подъезжали к дому, солнце уже садилось. Мальчишки, набегавшись за день на природе, дружно спали на заднем сиденье.

* * *

Прошла неделя после ареста Сазонова. Его перевели в следственный изолятор. Однажды Владлену оттуда позвонил давний знакомый, тюремный оперативник Станислав Щукин, который знал абсолютно все, что происходит в арестантской среде изолятора. Будучи феноменально информирован, он не раз помогал «земельным» сыщикам в раскрытии преступлений. Один раз таким образом помог и Димову. Случилось это года два назад. Владлен со своими операми задержал мужчину, который подозревался в исчезновении женщины. Мужчина был в полном отказе, но его все-таки арестовали и отправили в тюрьму. Опера, сколько ни старались, не могли найти труп женщины и опасались, что мужчину оправдают на суде, — без трупа дело представлялось бесперспективным. В следственном изоляторе Щукин получил информацию, что преступник спрятал труп в подполье, засыпав песком и настелив сверху дощатый пол. Каково же было удивление оперов, когда выкопанный труп оказался не той женщиной, которую они искали. Позже преступник признался еще в одном убийстве. А место захоронения второй жертвы он уже указал сам.

— Здравствуй, Семеныч, — приветствовал Щукин Владлена. — Что-то ты пропал, давно тебя не видно. Почему не заходишь?

— Да все некогда, Стас. Закрутился окончательно, дух перевести некогда. Кстати, дня три назад к вам прибыл Сазонов. Он сейчас моя головная боль.

— Во-во, про него и хочу тебе кое-что сказать. Беспокойного упырька ты нам подкинул. Как привезли, сразу попросился в хату к «черным». Я-то немного подколол его, мол, как же это мент просится к блатным, ему положено в камеру к бээсникам (бывшим сотрудникам). Он аж вывернулся весь от злости, затейливый тип!

— Не далее как месяц назад блатные приняли его в свою касту, вот и изощряется, — усмехнулся Владлен. — Как его там встретили?

— Были «терки», некоторые не признают в нем «черного», маляву отправляли на волю: типа, что вы там делаете, ментов в свои ряды берете. Одним словом, тема до конца не закрыта... Я вот о чем хотел тебе сообщить. Приходила к нему тут одна корреспондентша и брала интервью. Мы проглядели, как ее к Сазану допустили, сейчас разбираемся с нарядом, который дежурил в тот день. Дамочка эта — заинтересованное лицо, кто-то ее направил через связи фигуранта. Так что ждите заказную статью в газете, как «бедного и невиновного» посадили «кровожадные опера».

— А наплевать, пусть пишет. Собака лает — караван идет. Я тебя попрошу, погляди за Сазоновым хорошенько, он в отказе. Мы уже знаем его подельников, одного он успел отправить на тот свет, а второго ищем.

— Хорошо. Тут от вас приходил оперативник, разговаривал с Сазоновым, так что работаем сообща.

— Постой, постой, какой оперативник? — насторожился Димов. — Я никого в изолятор не отправлял. Как его фамилия?

— Силин.

— Да он ведь уже не работает в милиции! — Владлен вскочил со стула. — Они крутились в одно время вместе с Сазаном.

— Он же предъявлял удостоверение, — растерялся Щукин.

— Значит, оставил ксиву себе при увольнении! Стас, вокруг этого Сазонова сейчас будет много людей крутиться. Перекрой ему кислород, чтобы никто с ним не общался.

— Хорошо. — Щукин досадовал на допущенную оплошность. — Мы записали разговор Силина с Сазоновым. Странно он как-то разговаривал — предлагал держаться до конца и не признаваться ни при каких обстоятельствах. Я-то подумал, что вы проворачиваете очередную какую-то оперативную комбинацию. Теперь все понял!

— Давай, Стас, смотри за ним, на днях заскочу. — И Владлен положил трубку.

4

Через два дня почти под утро Владлена разбудил телефон. Поднимая трубку, он был уверен, что совершено очередное серьезное убийство и ему звонит по установившемуся алгоритму дежурный.

То, что он услышал, сначала повергло его в шок, который тут же сменился такой ликующей радостью, что сердце готово было выскочить из груди. Звонил убоповец Володин и спокойным, будничным тоном, словно такое случается каждодневно, сообщил весть, которую Димов ждал долгие годы:

— Нынче ночью нашел я Герасимова, он сидит передо мной и все рассказывает. Подъедешь?

— Не верю, повтори еще раз! — закричал Владлен в трубку. — Повтори еще раз!

— Семеныч, он дает полный расклад, готов показать место, где убили. Так приедешь?

— Ты еще спрашиваешь! Машина у меня внизу, через полчаса буду!

Владлен гнал на полной скорости по пустынным улицам предутреннего города, выжимая из старенького «жигуленка» все оставшиеся лошадиные силы. Чувства его переполняли, он ликовал, глаза были полны слез, он их не вытирал, они текли по щекам и капали на рубашку, впитываясь и испаряясь. Это были слезы торжества и триумфа! «Неужели этот день наступил?! Пять лет ожиданий и работы, бессмысленной и бесперспективной на первый взгляд работы, которая в конце концов принесла свои плоды. Это победа, но какой ценой!.. Столько сделано ошибок! Прочь из головы все то, чем я занимался последнее время, — теперь только это убийство!» — думал он, нажимая педаль акселератора.

Герасимов сидел на стуле посередине большого и почти пустого кабинета, уткнувшись взглядом в пол. Когда в кабинет ввалился Димов, он вздрогнул, на мгновение бросил взгляд в его сторону и снова опустил в пол. Владлен подошел к Володину, поздоровался, крепко обнял.

— Где взял?

— Как и предполагалось, в пригороде. Хоронился у своего родственника. Он во всем признается, давай его послушаем.

Владлен внимательно посмотрел на Герасимова. Парень высокий, немного полноватый, но крепкого телосложения, короткая стрижка, сильная шея... С виду он был похож на классического бандита девяностых, но образ крутого парня портило немного добродушное и по-детски наивное лицо. Димов ожидал увидеть матерого представителя криминала, вместо этого перед ним сидел слегка стеснительный и инфантильный молодой человек — дитя своего времени. Владлена накрыла досада, что такой незатейный преступник водил его за нос целых пять лет.

— Где произошло убийство? — задал он первый, самый волнующий его вопрос.

— На заброшенной даче на берегу озера Ытык-Кюель, — просто ответил Герасимов, не ожидая той реакции, которую вызвал его ответ у сидящего напротив милиционера.

— Где-где?! — воскликнул от удивления Владлен. — Это же рядом с Чочур-Мураном! Кто-нибудь сейчас на этой даче живет?!

— Нет, никто не живет, мы в то время летом иногда наведывались, чтобы переночевать, погулять с девочками, выпить.

— Мы — это кто?

— Из группировки Сазана.

— А сам-то ты откуда, как пристал к Сазану?

— Сам с Севера, болтался без дела в городе, потом был контролером рынка, там и познакомились. Он взял меня к себе, платил немного, я и был рад... Теперь жалею, но поздно... Таких, как я, у него хватало.

— Сможешь показать эту дачу?

— Да, конечно. Был там дней десять назад, так же заброшенная и стоит. Теперь туда, по-моему, никто и не заходит.

— А ты чего по прошествии стольких лет решил туда заглянуть?

— Это отдельная история...

— Ладно, потом расскажешь, — остановил его Владлен. — Давай съездим, покажешь эту дачу.

«Молодец, Света, точно указала место преступления, уму непостижимо!» — с благодарностью подумал Владлен о девушке-полиграфисте, выводя Герасимова из кабинета.

По опыту Димов знал, что некоторые преступники при задержании начинают играть свою игру, водить милиционеров за нос, пытаясь запутать следствие. Называть вымышленные адреса — излюбленный прием бывалых преступников, чтобы при удобном случае совершить побег. Однажды Владлен, будучи еще молодым опером, обжегся на этом. Задержанный назвал адрес женщины, занимавшейся скупкой краденых вещей, которой он якобы сдал меховую шубу, украденную в одной из квартир. Дом оказался пятиэтажным, а квартира вероятной скупщицы краденого — на верхнем этаже. Преступник попросил оперов остаться на площадке ниже, объяснив это тем, что скупщица откроет дверь только ему одному.

— Вот когда она откроет дверь, вы забежите за мной в квартиру, — заверил он оперативников.

Постояв немного и почувствовав неладное, оперативники бросились наверх и постучали в квартиру, которую указывал преступник. Дверь им открыл пожилой мужчина, ни сном ни духом не ведавший, что стал невольным соучастником обмана коварного воришки, который через люк перебрался на чердак дома, спустился по лестнице другого подъезда и был таков. Но гулял он на свободе недолго: неделю спустя был схвачен этими же, рассердившимися не на шутку operами в одном из городских притонов и крепко пожалел о своем поступке. Сыщики припомнили ему все старые грешки, которые по доброте душевной раньше хотели «забыть», но вдруг «вспомнили» и отправили горе-побегушника в колонию на семь лет вместо трех, на которые он рассчитывал.

Еще бывает, что преступники наговаривают на себя с расчетом побыстрее избавиться от опеки сыщиков, которых боятся больше всего, а затем во время следствия и суда отказываются от своих первоначальных показаний в надежде получить оправдание.

Присмотревшись к характеру и повадкам Герасимова, накоротке поговорив с ним, Димов сразу понял, что хитрости заматерелого преступника ему не присущи. Но для Владлена это было настолько особенное дело, что он решил поговорить с Герасимовым только в полной уверенности, что перед ним сидит один из убийц. Чтобы перестраховаться и удостовериться, сколько правды в словах Герасимова, необходимо было съездить на место предполагаемого убийства Алексеева и Попова.

— Николай, пристегни его наручниками, — попросил Владлен Володина, — на моей машине быстро смотаемся туда-обратно. За часик обернемся.

Они уселись в «жигуленок» и двинулись в сторону Чочур-Мурана. Было раннее утро, солнце вышло из-за горизонта красным шаром: лучи его вязли и рассеивались в густой дымке — где-то уже начались лесные пожары, обволакивающие город плотным смогом.

Когда проехали поворот в ботанический сад, Герасимов предупредил:

— Сейчас надо ехать тихо, будет дорога в сторону.

Свернув на лесную дорогу, Владлен проехал метров пятьсот, пока его не остановил Герасимов:

— Вот здесь.

Димов вышел из машины, следом — пристегнутые наручниками Володин и Герасимов.

— Где? — сдерживая накатившее на него волнение, спросил Владлен.

— Вон там, — Герасимов указал на дощатый забор невдалеке, — за этим забором... Там домик есть.

«Тогда, пять лет назад, все сыграло на руку убийцам. Никто не додумался прочесывать дачи за озером Ытык-Кюель! — думал Владлен, браня себя за непростительный промах. — Хотя не факт, что если бы даже опера и забрели на эту дачу, то сразу бы догадались, что здесь совершено убийство».

Все трое направились в указанное Герасимовым место.

Глухая калитка, вмонтированная прямо в ворота, была примотана проволокой. Владлен открутил проволоку, и троица проследовала внутрь. Посреди заброшенного дачного участка стоял маленький домик, обросший вокруг бурьяном и молодыми деревцами. В последние годы дачу явно никто не посещал — признаков присутствия людей и их хозяйственной деятельности на участке не наблюдалось. Постояв немного во дворе, уняв вновь накатившееся волнение, Димов шагнул в домик. Это было помещение с двумя смежными комнатами, в первой посередине располагалась обшарпанная донельзя печка. Когда следом зашли Володин и Герасимов, Владлен тихо спросил:

— Где это происходило?

— Прямо тут, — Герасимов обвел руками комнату, где они находились.

Владлен внимательно осмотрел стены и внизу, ближе к плинтусу, обнаружил мелкие брызги темного вещества, похожие на пятна застарелой крови. Кровь могла быть с убийства Алексеева и Попова, но могла принадлежать и другим людям — пять лет назад дача служила притоном, здесь не раз происходили пьяные драки.

Владлен принялся изучать полы. Они были застелены линолеумом, который ссохся и отошел от плинтусов. Димов отвернул линолеум и обнаружил на досках обильные подтеки крови, также потемневшей, но гораздо лучше сохранившейся под покрытием. «А вот и кровь с убийства! Слишком ее много, это не какая-нибудь драчка — без сомнения, здесь убивали парней. Следы крови, обнаруженные спустя пять лет после совершенного преступления, — такое в моей практике впервые!»

Осмотрев домик еще и не обнаружив больше ничего интересного, Владлен хотел выйти на улицу, но его остановил Герасимов:

— Он стрелял из обреза.

— Кто стрелял? — не понял Владлен. — На трупах же не было огнестрельных ранений.

— Сазан стрелял в пол. Он таким образом подавил их волю.

«Ай да Света, ай да молодец! — Димов опять восхитился полиграфистом. — Когда она мне сказала про обрез, я сильно не поверил ей, хотя и допускал такую возможность».

— Покажи, где стоял Сазан, когда стрелял.

Герасимов показал, и Владлен, став на колени, принялся миллиметр за миллиметром изучать пол, покрытый толстым слоем многолетней грязи. Наконец он обнаружил аккуратную дырочку в линолеуме. То, что это след от выстрела, опытный оперативник определил сразу: дробь с близкого расстояния пулей прошила пол.

— Есть след, — проговорил он. — А сколько раз он стрелял?

— Один раз.

— Все, поехали обратно, — распорядился Димов, встав с пола, — тут больше делать нечего. Следователь прокуратуры проведет подробный осмотр.

На обратном пути оперативники договорились, что Владлен заберет Герасимова в министерство, а Володин поедет к себе в УБОП, где его ждали собственные неотложные дела.

— После обеда подключусь к вам, — сказал он, выходя из машины.

— Давай, а я пока поговорю с Герасимовым, — ответил ему Владлен на прощание. — Коля, ты сегодня совершил невозможное!

Димов был искренне благодарен оперативнику, который поставил точку в этом запутанном и громком преступлении.

Было полвосьмого утра, Владлен завел Герасимова в кабинет, посадил на стул, включил чайник.

— Игорь, сейчас попьем чайку, и ты мне расскажешь все по порядку. Торопиться нам некуда, располагайся поудобнее и начинай.

Когда Владлен подал Герасимову горячий чай, тот, обжигая губы, с жадностью его выпил и начал свой рассказ, услышать который Димов с затаенной надеждой мечтал уже пять лет.

Запоздалое признание

1

— Это случилось почти ровно пять лет назад, также в начале лета. Я тогда был в бригаде Сазана. Приехал с района, болтался в городе без дела, какое-то время работал контролером на рынке. Там с Сазаном и познакомился. Он создавал свою группу из таких, как я, парней, которые не в ладах с законом. В то время у него было около десяти бойцов, но они постоянно менялись. Кого-то сажали, кого-то убивали, калечили. Сейчас неспокойно в городе, а тогда был вообще беспредел...

Как бы Владлен ни предвкушал узнать обстоятельства тайны, которая мучила его долгие годы, все-таки ему нужно было уточнить один важный для него вопрос, и он прервал Герасимова:

— Игорь, остановись и скажи мне, почему ты решил признаться в убийстве?

Ведь прошло столько лет, все казалось безвозвратно утерянным: актуальность дела, свидетели, вещественные доказательства. И вдруг, когда тебя задержали, относительно легко признаешься в тяжком преступлении, за которое тебе грозит длительный срок заключения. Не сознался бы, выстоял до конца, тогда нам вряд ли бы удалось раскрыть это дело. Не пойму я этого, объясни. — Владлен развел руками, показывая свое недоумение.

— Это трудно объяснить. Когда я все подробно расскажу, вы меня поймете... Итак, рассказ долгий — я продолжу, но прежде налейте мне, пожалуйста, еще чашку чая и положите побольше сахара. Чай с сахаром помогает мне сосредоточиться.

Выпив чай, Герасимов продолжил свой рассказ:

— Я был при Сазане в роли «быка», «торпеды», «бойца» — назовите как хотите. Основной деятельностью Сазана было сутенерство. Он держал до двадцати проституток, мы их охраняли и, если клиент не платил или обижал девушку, ездили разбираться. Деньги Сазану шли неплохие, но он этим не довольствовался, хотел иметь еще больше. С этой целью он начал крутиться вокруг рынков. Он понимал, что никто его руководителем рынка не сделает, а вот стать заместителем директора он надеялся. Он хотел быть серым кардиналом и ворочать черной наличностью, которая крутится на рынке. Однажды Сазан объявил нам, что на Центральном рынке директором назначен новый человек, и велел подготовиться, чтобы оказать на него давление и пролезть в заместители. На второй день он сходил к этому директору, но вернулся быстро и был очень злой, сказал, что новый директор его условия не принял. Не помню, прошло два или три дня, я крепко выпил вечером и на следующий день страдал от сильного похмелья. Шел по улице, и возле Русского театра меня окликнули. Я оглянулся, смотрю — Анатолий Федотов, мой земляк. Он вышел из машины, припаркованной на стоянке возле театра, и махал мне рукой. Я подошел к нему и увидел, что в машине сидит Сазан. Он мне тоже велел сесть. Выяснилось, что Сазан забил здесь стрелку новому директору рынка, чтобы обговорить свои дела, но тот не явился. Сазан был в бешенстве и приказал Федотову ехать к дому директора.

— А Сазонов знал, где тот живет? — спросил Герасимова Владлен.

— Да, он знал, назвал адрес Федотову, он и направился туда. — Герасимов вытер пот со лба замусоленным носовым платком и продолжил: — Подъехали — оказалась многоквартирная двухэтажка. Сазан отправил Федотова позвать директора. Федотов зашел в подъезд, а когда вернулся, следом за ним вышли два парня, которых я раньше никогда не видел. Они сели к нам в машину и начали было Сазану на повышенных тонах выговаривать, как вдруг Сазан выхватил откуда-то обрез и наставил на парней, а Федотову приказал трогаться. Увидев обрез, те не посмели сопротивляться. Когда выехали со двора, Сазан коротко бросил Федотову: «На дачу!» Приехали на ту самую дачу, которую я вам сегодня показал. Сазан под дулом обреза завел парней в домик. Там он начал кричать на одного из них, очевидно на директора рынка, требуя, чтобы тот взял его заместителем. Парень не соглашался, тогда Сазан выстрелил в пол, но тот продолжал упорствовать. Тогда Сазан дал нам знак к избиению. Федотов ударил одного из парней, тот упал. В это время второй парень изготовился драться и принял боксерскую стойку, но я его ударил сбоку, и он тоже упал. Сазан подскочил к лежащим и принялся пинать их ногами куда попало, бить обрезом по голове. Федотов тоже присоединился. А мне стало дурно от того, что людей забивают насмерть, я не выдержал и вышел на улицу. Сел там на бочку и еще минут десять слышал шум и крики из домика. А потом все стихло.

— Что за бочка? — уточнил Владлен у Герасимова.

— Во дворе до сих пор валяется. Там ничего с тех времен не изменилось — разве что больше всего появилось растительности. Пять лет назад такого бурьяна не было.

Герасимов глянул на часы, немного поерзал на стуле и попросил:

— Мне бы покурить...

Владлен сводил его во двор министерства, а когда возвращался с ним в кабинет, встретил Кима.

— Женя, доброе утро, посмотри, кого веду!

— Не признаю́. — Он внимательно посмотрел на конвоируемого. — Неужели Герасимов?!

— Угадал, — счастливо улыбнулся Владлен. — Ночью Володин задержал. Он дает полный расклад, пойдем ко мне, послушаешь его рассказ.

В кабинете Герасимов опять попросил налить чаю и продолжил рассказ. Ким сел поодаль, возле окна, и внимательно слушал откровения бандита девяностых.

— Когда я зашел в домик, там уже все было кончено: на полу бездыханные тела в луже крови. Меня снова замутило, я выскочил из домика, и меня стошнило. Следом вышел Сазан и стал на меня кричать, что я слабый, никчемный человек, трус. Себя он называл великим воином, который никого не боится, хвалился, что он самый крутой в городе человек.

— Великие воины не убивают людей под дулом обреза, — усмехнулся Владлен, — а если и убивают, то в равном бою. Тоже мне выискался вояка!

— Да уж, — согласился Герасимов, — он ведь чуть что — сразу бьет себя в грудь, мол, я великий из великих, короче, мания величия на пустом месте. Дальше он велел нам сторожить дачу, а сам ушел со двора. Мы его ждали минут сорок, он вернулся и сообщил, что подыскал в окрестностях место, где спрятать трупы. Сначала он хотел сбросить тела с грузом в озеро, оно там рядом — Ытык-Кюель. Потом передумал — его внимание привлекла гора Чочур-Муран, которая расположена за озером, и у него появился страшный план. Глаза его бешено горели, он буквально кричал, брызгая слюной в нашу сторону: «Чочур-Муран место священное и требует жертв! Я, как великий воин, принесу ей в жертву моих врагов! Пусть все содрогнутся и не смеют встать на моем пути! Отныне каждого, кто пойдет против меня, ждет та же участь! Я великий воин! Я великий воин!» В это время он скорее был похож на дьявола, вырвавшегося из преисподней. Мы пытались его отговорить, убеждали, что оставлять трупы на горе опасно, там их быстро обнаружат отдыхающие, тем более проезжать придется через ботанический сад, где нас могут заметить работники. Предлагали увезти трупы в сторону птицефабрики — там густые леса, на тела парней лишь по осени наткнутся ягодники или грибники, и то вряд ли. Но Сазан упрямился: «Пусть обнаружат, это даже к лучшему, больше будут бояться!» Дождались мы ночи и почти уже под утро засунули трупы в багажник и отвезли к горе, там на склоне, где лесочек, положили и наспех забросали ветками...

— Возвращались вы потом на это место, чтобы перепрятать трупы или убедиться, что их уже нашли? — спросил Владлен, припоминая события пятилетней давности, когда первый раз был задержан Сазонов.

— Да, возвращались, и вы об этом знаете. Через несколько дней после убийства меня нашел Сазан и приказал сесть в машину. Он был за рулем, я — на заднем сиденье. По пути он мне сказал: «Игорь, съездим к Чочур-Мурану, посмотрим, что с трупами. Что-то никаких вестей — нашли их там или нет?» Через ботанический сад мы заехали в лесочек, там он мне говорит: «Иди посмотри, лежат они там или нет». Мне было боязно, я не хотел идти, но Сазан настоял, и я, пересилив себя, направился к горе. Когда стал выходить на опушку леса, заметил людей и среди них человека в милицейской форме. Они шли в мою сторону и были уже совсем близко, поэтому я не смог вернуться и предупредить Сазана, а спрятался за кустами. Сазана эти люди задержали и увезли в милицию. Я понял, что трупы нашли, тихонько выбрался на дорогу и скорей домой. Я был уверен, что за мной придут, поэтому сменил место жительства и предупредил Федотова, чтобы он спрятался. Но через день Сазана отпустили.

— Получается, ты сидел на заднем сиденье, когда нам навстречу попалась машина возле пропускного пункта ботсада?! — Владлен от досады хлопнул себя ладонью по колену. — Тогда, пять лет назад, все играло в вашу пользу. А ведь могли раскрыть сразу, если бы задержали вас обоих. Ты, судя по всему, был почти готов расколоться, если бы тебя задержали. Какая тонкая линия отделяла нас от раскрытия этого убийства по горячим следам! Поздно, поздно жалеть, теперь только молодых учить, чтобы не допускали такой оплошности! Женя, слушай вот, как твои старшие товарищи, прожженные сыщики, опростоволосились, — обратился Владлен к Киму.

— Работа сыщика, казалось бы, состоит из сплошных ошибок и минусов, но они, суммируясь и множась, как в математике, превращаются в истину. Вы, Семеныч, это только что доказали на практике, — философски парировал молодой оперативник. — Так что голову пеплом посыпать рановато.

— Верно, — удивляясь прозорливости молодого коллеги, согласился Владлен. — Ты это сам придумал или кто-то уразумел?

— Наблюдательность и жизненный опыт, — улыбнулся в ответ Ким.

— Да, жизненного опыта тебе не занимать, — Димов иронично посмотрел на Кима, — в твои-то двадцать семь лет.

Он снова поставил чайник и протянул Киму деньги:

— Женя, сходи, пожалуйста, в столовую, принеси чего-нибудь покушать. Мы с Игорем немного подзакусим, еще не успели позавтракать.

После завтрака разговор продолжился.

— Через год я отошел от Сазана, устроился на работу и ни с кем из бывших дружков не общался. На прошлых новогодних праздниках я был в гостях у своих родственников. Народу было много, благо частный дом внушительных размеров вместил всех. В этой семье есть дед преклонного возраста, с виду настоящий старец с какого-нибудь шаолиньского монастыря: с длинной белой бородой, с посохом. Он, оказывается, знаток всевозможных притчей и преданий, старинных легенд. Когда куранты отбили полночь, все радостно встретили Новый год, праздник был в самом разгаре. Дед тоже не собирался ложиться спать и начал рассказывать старинные истории. Кто-то подходил, слушал и шел развлекаться дальше, а его место занимал другой. А дед все рассказывал и рассказывал, словно бы даже и не нуждаясь в слушателях. Я сидел рядом и не особо вникал, о чем он говорит, но вдруг до моих ушей донеслись слова о Чочур-Муране. Меня словно кипятком ошпарило, я вскочил со стула и пересел ближе к старику. Он рассказывал, что в окрестностях горы когда-то жил Тыгын Дархан, что где-то там похоронен его самый любимый сын, покой которого охраняет одна из жен «якутского царя». Именно так и сказал старец — «царь якутов». Про Тыгына я немного знаю и читал, но нигде не встречал, чтобы его так называли. Но самое поразительное и ужасное для себя я услышал далее. Оказывается, это

место после смерти сына Тыгын объявил
священным: того, кто совершит там убийство или другое черное дело, будет ждать неминуемая и страшная кара. Старик рассказал, что еще до революции двое братьев об-
манным путем, предложив сыграть в карты,
завлекли к Чочур-Мурану купца и, ограбив
его, убили. Сами братья недолго после этого прожили: их тела нашли рядом в озере.
Слушая деда, я обливался по́том от страха.
Чувствуя, что задыхаюсь, я оделся, вышел
на улицу и больше не вернулся в дом. Пона-
чалу рассказ старика все не выходил у меня
из головы, но со временем все-таки я стал
его забывать, как вдруг до меня дошла весть
о том, что Токай повесился. Его я знаю хорошо — не тот он человек, чтобы наложить
на себя руки, его могли повесить как свидетеля убийства. Мои подозрения еще больше
укрепились, когда я узнал, что Сазан меня
разыскивает. А искать он меня сейчас может
только по одной причине — чтобы убить,
избавиться от последнего очевидца. Поэтому последние полгода я от него скрываюсь.

— Интересную историю ты мне рассказал про деда, — проговорил Владлен, прохаживаясь по кабинету и осмысливая новую интерпретацию легенды о Тыгыне. — По твоему старцу выходит, что все те, кто совершает убийство на Чочур-Муране, плохо кончают. А ведь он прав! Убили грузинского вора в законе — гора достала убийцу в Москве. Убили Малика — Житкова настигла пуля. Токая повесили. Остались ты и Сазонов.

— А Малика разве убили на Чочур-Муране? — осторожно спросил Герасимов, чувствуя, как мурашки побежали по спине. — Я не знал!

— А где же еще! Его убийцу — Житкова — застрелили возле дома.

— Это я слышал. А какого вора там убили?

— Грузинского, он только сюда приехал, как через день его нашли на Чочур-Муране с ножевым ранением. В тот же год дело было, когда вы убили Алексеева и Попова, только осенью. Убийцу застрелили в Москве.

— Получается, старец говорит правду, теперь моя очередь. — Герасимов судорожно вздохнул, пальцы на руках мелко задрожали.

— Да погоди вставать в очередь, пропусти вперед Сазана, — успокоил его Владлен. — Ты искупаешь вину чистосердечным признанием, это зачтется. Там всё видят. — Он указал пальцем вверх.

Ким, слушая этот, казалось бы, странный разговор, который со стороны можно было принять за беседу двух пациентов психоневрологического диспансера, только качал головой, восхищаясь виртуозностью момента.

— Давай, дорасскажи свою историю, — попросил Владлен Герасимова, — нам еще надо встретиться со следователем прокуратуры, который тебя допросит официально на протокол.

— После долгих мучений и тревог дней десять назад я решил сходить к Чочур-Мурану. Не знаю почему, но захотелось это сделать — возможно, чтобы попросить прощения... Одним словом, меня потянуло на место преступления спустя пять лет — последние события заставили вернуться с покаянием. Хотя годы уже прошли с того страшного дня, я сильно боялся явиться к горе, но ноги несли меня туда сами, помимо моей воли. С собой прихватил серебряную подвеску с национальным орнаментом, доставшуюся мне от прабабушки. Для храбрости купил бутылку водки, сделал несколько глотков прямо из горлышка возле магазина на подходе к Чочур-Мурану. Пока плёлся до горы — а идти там не больше километра, — всю бутылку и прикончил. Когда добрался до поляны перед горой, уже наступали сумерки. Людей кругом не было, я подошёл к подножию и, встав на колени, положил подвеску на землю, проговаривая: «Прости меня, прости меня...» — другие слова и не мог выговорить, они не приходили в мою голову, затуманенную алкоголем. И вдруг, когда я поднял голову, на моё лицо упали крупные капли дождя, хотя минуту назад небо было совершенно чистое. Дальше ничего не помню, сознание меня покинуло, а когда очнулся, весь окоченевший, на земле, уже рассветало. Собрался было идти, но вспомнил про подвеску, которую хотел поглубже закопать на горе́, чтобы никто другой случайно ее не подобрал. Поискал вокруг, но ее нигде не было — исчезла. Я решил, что гора приняла мой дар, и, перепугавшись, поспешил прочь от страшного для меня места. Пока шел к шоссе, решил, что должен исполнить свою задумку до конца — в последний раз посетить ту дачу, где убили парней, и там тоже произнести слова покаяния, только в этом случае я чувствовал бы себя спокойней. Превозмогая страх, крадучись, чтобы меня никто не заметил, я пробрался во двор. Долго стоял перед домом, потом немного посидел на той самой бочке, прежде чем войти. Там я попросил прощения у всех, кому принес горе и страдание, и тихо покинул дачу. А через десять дней, то есть сегодня ночью, меня задержал ваш сотрудник. Я спал во флигеле, когда он постучал в окно, и сразу понял, что это милиция — не бандиты и убийцы от Сазана.

Открыл дверь и, даже не спросив ничего, стал одеваться. Я ждал вас последние годы постоянно, мне казалось, что вы нагрянете ко мне с автоматами, масками, а получилось как-то буднично, просто. Знаете, на душе стало легче, когда задержали. Сам бы я никогда не решился к вам явиться, даже под страхом, что меня найдет и грохнет Сазан.

— Да-а, рассказал ты нам историю, достойную самых захватывающих детективов, — проговорил в задумчивости Владлен. — Если все это правда, то тебя не за что привлекать к уголовной ответственности.

— То есть как?! — поразился Герасимов.

— Когда вы взяли парней и поехали на дачу, ты знал, что едете их убивать?

— Нет, об убийстве речи не было — просто припугнуть. Мне кажется, Сазан сам до последнего не собирался убивать директора рынка, хотел только заставить взять его заместителем. Если бы тот согласился, убийства, может быть, и не произошло.

— Значит, у тебя умысла убивать заранее не было, все произошло спонтанно. Сговор отсутствует. Второе: ты ударил одного из парней. Это от силы легкие телесные повреждения, срок давности по этой статье миновал. Когда Сазан и Токай стали забивать насмерть тех парней, ты вышел на улицу, так?

— Да, а когда вернулся, то все было кончено.

— Получается, что ты не участвовал в избиении, соответственно, не убивал. Остается недонесение о совершении тяжкого преступления. По этой статье срок тоже прошел.

— Значит, меня не будут привлекать к уголовной ответственности?! — удивленно воскликнул Герасимов.

— Если только ты не соврал мне тут. Сейчас пойдут следствие, очная ставка с Сазоновым, экспертизы. Если подтвердится все, что ты рассказал, то с тебя обвинения снимут.

— Спасибо! А рассказал я чистую правду, вы в этом убедитесь сами.

— Но все это я говорю тебе не за красивые глазки, — неодобрительно заметил

Владлен, явно не разделяя радость. — Наша задача теперь — посадить Сазонова настолько плотно и надежно, чтобы он забыл о свободе на десятилетия. А без твоей помощи сделать это практически невозможно. Ну как, поможешь нам?

— Да, я готов дать показания и сделать все, что от меня потребуется. А Сазана когда будете брать?

— Что, не знаешь? — наконец улыбнулся Владлен. — Он уже сидит в изоляторе, так что успокойся. А тебя задерживать не будем, по первому требованию ты обязан будешь явиться к следователю. Понял?

— Да, все понял! — Глаза задержанного радостно заблестели. — А Сазана за наше убийство взяли? Он признаётся?

— Нет, за другое дело. А по убийству он, конечно, не признаётся. Потому я и говорю, что все зависит от тебя. Так что настройся, впереди тяжелые дни для тебя, но все же лучше, чем сидеть в камере.

— Я готов, — твердо ответил Герасимов. — Сазан мне испортил жизнь, почему я должен его жалеть? И Токая отправил на тот свет...

— Еще одно, — попросил Владлен, — познакомь меня со своим старцем, я хотел бы с ним поговорить. Заинтересовал он меня!

— Нет проблем, вечером же схожу к родственникам, договорюсь со стариком и дам вам знать.

2

Теперь предстояло решить вопрос со следователем. Уголовное дело по факту убийства Алексеева и Попова давно уже пылилось на полке архива прокуратуры без особой перспективы на раскрытие. За это время сменилось несколько следователей, каждый из которых испытал наравне с сыщиками давление со стороны общественного движения, выступавшего против беспредела преступников. Все считали, что это дело приносит несчастье: двое следователей, в разное время работавшие над ним, уволились со скандалом, остальные получили серьезные взыскания. Поэтому никто не горел желанием снова брать его в производство.

Недолго подумав, Владлен позвонил одному из опытных следователей прокуратуры — Алексею Кулакову. С Кулаковым он раскрыл несколько убийств и уважал его за вдумчивость и глубокое знание своего дела, безотказность. Тот с первого раза угадывал перспективность дела и брался за него не задумываясь, так что все «убойники» мечтали иметь дело с ним.

— Алексей, привет, — поздоровался Владлен со следователем, — беспокоит тебя Димов. Как жизнь, чем занимаешься?

— Привет, Влад, говори сразу, какое дело будем расследовать, — полушутя ответил Кулаков. — Давай отгадаю с трех раз.

— Ты в своем репертуаре, — обрадовался Владлен, что Кулаков уже готов взяться за дело. — Давай!

— Убийство семьи в Мархе.

— Нет, не угадал.

— Убийство малолетней девочки в Сай-сарах.

— К сожалению, нет, хотя это боль моего сердца. Но когда-то должны раскрыть и это дело! Не может ублюдок, поднявший руку на ребенка, ходить по земле.

Кулаков замолчал, очевидно припоминая другие «глухари», и вдруг, осененный, недоверчиво спросил:

— Неужели Алексеева и Попова?!

— Да, именно. Мы арестовали некоего Сазонова за нанесение тяжких повреждений гражданину Гаврилову. Дальше стали работать по убийству пятилетней давности и вышли на его подельника, которого нынче ночью задержали. Фамилия его Герасимов, он полностью признается в совершении преступления, готов сотрудничать со следствием.

— Сазонов, Сазонов... Это не тот, который держит ресторан «Клеопатра»? Он раньше был под подозрением?

— Да, тот. Пять лет назад мы его задержали возле места обнаружения трупов, но пришлось отпустить — вмешалась прокуратура. В то время у нас в отношении Сазонова никаких улик не было, мы просто его хотели проверить. И про его подельников тогда ничего не было известно. Так что, Алексей, беремся за это дело?

— Дело приостановленное, находится в архиве. Сейчас пойду к прокурору, доложу по существу, попрошу передать его в мое производство. Когда ко мне приведете этого... как его там?

— Герасимов Игорь. Как позвонишь, сразу и привезем. Он покажет место, где убивали. Мы там были, нашли кровь, след от выстрела. Еще. Прокурор в общих чертах знает, что Сазонов подозревается в убийстве Алексеева и Попова. Мы ему докладывали, когда брали санкцию на арест по делу Гаврилова.

— Отлично, я позвоню. — Кулаков положил трубку.

Владлен с чувством удовлетворения откинулся на кресле, вытянув затекшие ноги, и потянулся.

— Женя, возьми к себе Игоря, — попросил он Кима. — Я схожу домой, помоюсь, побреюсь, часика через полтора буду здесь. Если к этому времени позвонит Кулаков, отвези Герасимова к нему. Все отлично, Женя, Кулаков берет дело в свое производство!

— Вот это хорошая новость! — радостно ответил Ким, выводя из кабинета задержанного.

Кулаков позвонил Владлену, когда тот еще находился дома.

— С прокурором поговорил. Все прекрасно, дело мне передано. Ведите ко мне Герасимова, начну с него. Потом съездим на место убийства. Надеюсь, сыщики будут с ним?

— Да, при нем постоянно будет Ким, ты его знаешь. Если надо, подкину еще оперативников. Ты ни в чем не должен быть ограничен, главное от тебя — расследовать.

— А куда я денусь, расследуем как положено, — ответил следователь с присущим ему оптимизмом.

Вечером, ближе к девяти часам, Ким с Герасимовым вернулись в министерство.

— Семеныч, все отлично, — доложил Ким Владлену, оставив Герасимова в коридоре. — Игоря допросили, потом съездили на место убийства, он там все показал. Следователь взял с него подписку о невыезде и обязал явиться послезавтра. Хочет теперь допросить Сазонова, а поскольку заранее знает, что тот будет в отказе, намеревается послезавтра провести сразу очную ставку с Герасимовым. Короче, колесо следствия двинулось, уже не остановить!

— Тебе помощь нужна? Если надо, бери любого оперативника, сопровождай это дело до конца, до самого суда.

— Нет, пока помощь не требуется. Сегодня был Володин с УБОПа, он помогал. А сопровождать это дело буду я, уже не выпущу из рук!

— Спасибо, — поблагодарил Димов оперативника, — ты свободен. Попроси сюда Герасимова.

Когда Герасимов зашел в кабинет, Владлен пригласил его сесть.

— Игорь, послезавтра тебе предстоит очная ставка с Сазоновым. Ты готов к этому?

— Да, готов. Во мне столько злости на него за то, что впутал меня в это дело. Пусть теперь отвечает за содеянное, на очной ставке я все выскажу, что я думаю о нем.

— Хорошо, верю. Теперь иди домой и не забудь мою просьбу насчет старца. Поговорить бы мне с ним.

— Помню, сегодня уже поздно, завтра схожу, договорюсь. Послезавтра, как приду на очную ставку в прокуратуру, там и сообщу вам, когда можно будет встретиться. Только одна просьба: никто из родственников, в том числе и старик, не знают, что я замешан в убийстве. Не говорите никому об этом, пусть не знают.

Воля Тыгына

Через два дня Герасимов сообщил Владлену, что старик ждет в любое время, и назвал адрес, но дела помешали пойти сразу. За эти дни состоялась очная ставка между Герасимовым и Сазоновым, последнему было предъявлено обвинение, следствие шло полным ходом. Ким постоянно находился рядом с Кулаковым и во всем ему помогал.

Однажды Ким пришел к Владлену и поделился недавним забавным случаем:

— Получилось как-то, что Сазонов и Герасимов оказались вместе в кабинете следователя. Следователь, допрашивавший Сазонова, отвлекся на разговор по телефону, а я заполнял документы, уткнувшись лицом в стол. Герасимов сидел рядом со мной. Вдруг я краем глаза вижу, что Сазонов делает ему знак: погрозил пальцем и приложил к губам, мол, молчи, откажись от своих показаний. Мне захотелось посмотреть на реакцию Герасимова, насколько он настроен идти до конца, поэтому я сделал вид, что не замечаю этих жестов Сазонова. Герасимов сначала поерзал на стуле, а потом такую фигу показал Сазану, что я не выдержал и расхохотался. Следователь аж трубку телефонную выронил. Так что я лично убедился, что настрой у Герасимова нормальный.

К старику Владлен попал только через две недели. Хозяйка дома, женщина шестидесяти лет, узнав, кто пришел, провела его в дальнюю комнату. На кровати лежал глубокий старик с белой жидкой бороденкой. Одет он был в белое нательное белье. У изголовья кровати, прислоненный к стене, стоял гладкий до блеска посох, очевидно, выструганный когда-то из молодой березы и за долгие годы использования отшлифованный рукой старика. «Ну точно китайский мудрец!» — подумал Владлен, вспоминая рассказ Герасимова.

Женщина помогла старику сесть в кровати и громко сказала:

— Это человек из милиции, про которого говорил Игорь. Хочет тебя послушать. Вы тут посидите, побеседуйте, а я пойду. Чуть погодя принесу вам чаю.

— Здравствуй, дед, — поздоровался со стариком Владлен. — Мне про тебя Игорь рассказал, заинтересовался я твоими историями, поэтому и пришел.

— Жду я тебя давно, уж две недели, — промолвил старик. — Знаю я много, если все рассказывать, тебе придется сидеть тут три дня и три ночи. Что тебя конкретно заинтересовало?

— Последние пять лет по своей работе я постоянно сталкиваюсь с Чочур-Мураном, вот и увлекся историей горы. Изучил разную литературу: легенды и предания, очерки и статьи — везде пишут по-разному. Поэтому решил начать с первоисточника, хранителем которого ты, как мне кажется, и являешься, — польстил он старику.

— Правильно говоришь, молодой человек, — покашливая, проговорил старик. — То, что я рассказываю, слышал я от деда, а дед — от отца... Истоки моих рассказов тянутся из далекой древности. Священней места в долине Туймаада, чем Чочур-Муран, нет. У его подножия одно время жил якутский царь Тыгын Дархан. Жил он там богатой жизнью, скота у него было больше, чем звезд на небе, его окружали сильные и смелые воины. Но однажды убили его сына от седьмой жены, еще младенца. Убийцу так и не нашли...

— А разве он не сам убил своего сына?! — спросил Владлен, невольно прервав рассказ старика.

— Нет, это был самый любимый сын Тыгына. Поговаривали, что он убил кого-то из сыновей, а возможно, и троих, но то были сыновья от других жен. Не знаю, не был свидетелем, может, напраслину возводили на него враги. А этого сына Тыгын берег как зеницу ока, как наследника престола. Тыгын жестоко наказал воинов, которые должны были охранять любимого сына, и после этого объявил Чочур-Муран священной горой. С этого времени совершать злодеяния в ее окрестностях запрещалось, а кто ослушается повеления царя, того ждет неминуемая погибель. На второй год после смерти сына от горя умерла седьмая жена Тыгына. Он ее похоронил на ЧочурМуране, а сам покинул эти места. С тех пор жена охраняет покой сына, который захоронен там же.

Владлен приготовился услышать самое интересное, но в этот момент в комнату с подносом вошла хозяйка дома.

— Отец, попей с гостем чайку, — сказала она старику и придвинула столик с подносом к кровати.

На подносе стояли две огромные чашки чая с молоком, большая тарелка с горкой оладий, сливки и варенье в пиалах.

Старик отпил чаю, к еде даже не притронулся. Владлен же, уплетая оладьи и запивая их удивительно вкусным чаем со сливками, с интересом слушал продолжение истории.

— Говорят, видели эту женщину в тех местах, пугает людей ночами. А тех, кто совершает черные дела на этой священной земле, она наказывает. Вот еще до революции двое братьев...

— Про братьев я уже знаю, Игорь рассказывал, — остановил старика Владлен. — Хочу спросить у тебя. Я встречался с той женщиной в сонном бреду во время болезни, но она спасла мне жизнь в реальности. Я преследовал убийцу, который совершил преступление на Чочур-Муране, а он, в свою очередь, хотел убить меня. Во сне мне эта женщина явилась и предупредила об опасности. Что бы значил этот сон, объясни, пожалуйста.

— Это был не сон, ты попал в другой мир, в другое время. Ты об этом сам не знаешь, думая, что это просто сон, но, чтобы ты не терзал себя догадками, царица ниспослала тебе хворь, и тебе показалось, что это бредовость от болезни. Она оберегла тебя от смерти, потому что ты, сам того не ведая, действовал по велению Тыгына, чтобы наказать преступника, осквернившего священное место. А преступника ждет суровая кара...

— Да, лет двадцать тюрьмы, — проговорил Владлен, впечатленный рассказом старца.

— Я говорю не только про суд людской, он будет, этот суд. Я говорю про другую кару...

— Еще одно хочу я спросить у тебя. Почему вокруг горы десятилетиями все было спокойно — и вдруг пять лет назад за полгода мы обнаружили там четыре трупа? Как это объяснить?

— А как ты хотел?! На стыке веков — нет, бери выше, тысячелетий — там должны происходить события из ряда вон выходящие. Теперь снова воцарится спокойствие, думаю, надолго. Но, прежде чем это произойдет, гора поглотит девять жизней.

«Девять жизней... Цифра какая-то не простая, мистическая... Кого он имеет в виду? Алексеев и Попов — это две безвинные жертвы, еще грузин и Малик — два представителя криминала, итого четыре, Токай — пять, Житков и убийца грузина — семь. Всего семь человек. Сазана мы арестовали, смерть ему не грозит, Герасимов непосредственно не участвовал в убийстве. Про кого же говорит старик?» — напряженно думал Владлен.

Со стариком пора было попрощаться, но в последний момент Димову все-таки захотелось узнать судьбу Герасимова. «Старик не знает, что его родственник замешан в убийстве. Ему об этом никто не говорил. Как бы поделикатнее спросить его?» — думал он, перебирая в голове варианты.

— Меня интересует один вопрос: если человек был вместе с преступниками, совершившими убийство на Чочур-Муране, но сам не принимал в этом участия, то что может ему грозить? И как ему искупить вину?

— А-а, ты имеешь в виду нашего оболтуса Игоря? Пусть искупит вину, помогая вам, милиционерам, исполнить волю Тыгына.

Владлен, сраженный словами старца, сам не понял, как очутился на улице.

На второй день в прокуратуре у следователя он застал Герасимова и строго его спросил:

— Игорь, ты точно никому из родственников не говорил, что замешан в деле об убийстве?

— Нет, никому. Абсолютно никому.

— И деду тоже? — уточнил на всякий случай Димов.

— Ему тем более. Узнает — умрет, и так еле живой ходит.

Владлен молча повернулся и вышел из прокуратуры с твердым намерением забыть на какое-то время про Чочур-Муран и выбросить из головы связанную с ней чертовщину.

Послесловие

Через полгода состоялся суд над Сазоновым. Тот продолжал отрицать свою вину и в последнем слове обвинил оперативников, следователя и судью в предвзятости и сговоре с целью посадить его за преступление, которое он не совершал. Но собранных доказательств оказалось достаточно, чтобы определить его в места лишения свободы на восемнадцать лет. Герасимов держался на суде молодцом, последовательно доказывая главенствующую роль Сазонова в убийстве Алексеева и Попова.

Самоубийство Федотова-Токая так и не было переквалифицировано в убийство. В прокуратуре материалы, которые предоставили сыщики, сочли недостаточными для возбуждения уголовного дела. Так что операм предстояло дальше работать по этому делу.

«Клеопатра» сгорела. Это была не бандитская разборка, как казалось на первый взгляд. Ресторан поджег сторож, которого в свое время обидел Сазонов.

Убийство Житкова не было раскрыто. Поговаривали, что ему отомстили за Малика те самые охранники, которые обчистили ломбард, но их следы затерялись в огромной России.

По факту избиения Гаврилова Сазонов получил три года, но этот срок поглотился теми восемнадцатью годами, которые ему дали за убийство.

Владлен за это время ни разу не вспоминал про гору Чочур-Муран и потихоньку стал забывать о ней. Но однажды она напомнила о себе сама.

После нескольких бессонных ночей в поисках бандитов, совершающих налеты на коммерческие киоски, Владлен вернулся домой смертельно усталым и голодным. Он набросился на ужин, оставленный женой на столе: съел без остатка холодный плов, из холодильника достал графин водки, налил полстакана, залпом выпил, закусил соленым огурцом, а затем непослушными от усталости ногами добрел до дивана и свалился спать.

Ночью ему снился сон: он опять очутился на Чочур-Муране. На этот раз поле у подножия горы было заполнено людьми, шел какой-то праздник. Причем люди разделились на группы, каждая огородила свой участок тугими веревками из конских волос — получился тюсюлгэ[1], и Димов понял, что празднуется Ысыах. Лица людей, живших сотни лет назад, Владлену показались светлее и одухотвореннее, чем у их современных потомков, отягощенных плодами цивилизации.

От тюсюлгэ к тюсюлгэ, произнеся благословенные речи собравшимся, поле обходил человек в воинских доспехах. Сопровождала его женщина в белом. Приглядевшись,

---

[1] Тюсюлгэ — место компактного расположения отдельных групп людей во время празднества Ысыах.

Владлен узнал в ней ту, что являлась к нему во время болезни. На этот раз она не плыла по воздуху, а твердо ступала по земле.

Закончив с поздравлениями, пара направилась прямо к Владлену. Он уже не испытывал страха, будто видел своих старых знакомых. Приблизившись, пара остановилась, и женщина просто и обыденно, без всяких церемоний представила мужчин друг другу:

— Это тот человек, который, исполняя твою волю, преследовал убийцу. А перед тобой стоит Тыгын Дархан.

Услышав это, Владлен отступил на шаг и неумело поклонился, подражая японскому обычаю, когда-то увиденному по телевизору.

— Знаком он мне, этот воин. Он когда-то охранял своего владыку на этой горе, — уголком рта улыбнулся Тыгын, разглядывая Димова с ног до головы. — Все мне известно, что здесь творится!

— Не воин я, а сыщик, — поправил его Владлен. — И охранял я не владыку, а президента нашего.

— Все едино, — нахмурился царь, — как ни назови, суть остается сутью!

— А это твоя седьмая жена? — задал Владлен неуместный в таких случаях вопрос, указывая на женщину и стремительно жалея, что не сдержался.

— Что ты хочешь сказать?! — грозно спросил его Тыгын, засверкав глазами и потянувшись к рукоятке пальмы[1].

— Ничего. Просто хотел предупредить, что твоего сына от седьмой жены убьют... Или уже убили? В таком случае, если убийца еще не найден, я готов дознаться...

Тут все закрутилось и завертелось в бешеном вихре, засасывающем в гигантскую воронку людей и животных, предметы обихода, целые урасы...

Владлен резко сел на диване, пытаясь отдышаться и стряхнуть с себя остатки странного сна. «Нет, ребята, с вами хорошо, но без вас лучше, — думал он о Тыгыне и его

---

[1] Пальма — здесь: сибирское древковое оружие типа глефы.

жене, жадно глотая холодную воду. — Так можно и свихнуться. Всё! Забыть о Чочур-Муране раз и навсегда!»

Недолго поворочавшись в постели, Владлен уснул, а когда проснулся, голова была чистая и светлая, настроение отменное, руки и ноги полны сил. По пути на кухню он случайно бросил взгляд на стену, где среди великих полководцев и завоевателей висел и небольшой портрет Тыгына, купленный недавно в букинистическом магазине. Тыгын Дархан улыбался ему краешком губ.

* * *

Придя на работу, Владлен только собрался выпить кофе, как в кабинет ворвался Ким.

— Семеныч, слышали новость?!

— Что, война началась? — пошутил он в ответ. — Судя по твоему лицу, событие не меньшей значимости!

— В колонии убили Сазана, зарезали насмерть!

Москва. ООО «Торговый Дом «Эксмо»
Адрес: 123308, г. Москва, ул. Зорге, д. 1, строение 1.
Телефон: +7 (495) 411-50-74.　**E-mail:** reception@eksmo-sale.ru

По вопросам приобретения книг «Эксмо» зарубежными оптовыми
покупателями обращаться в отдел зарубежных продаж ТД «Эксмо»
E-mail: **international@eksmo-sale.ru**

*International Sales: International wholesale customers should contact
Foreign Sales Department of Trading House «Eksmo» for their orders.*
international@eksmo-sale.ru

По вопросам заказа книг корпоративным клиентам, в том числе в специальном
оформлении, обращаться по тел.: +7 (495) 411-68-59, доб. 2261.
E-mail: **ivanova.ey@eksmo.ru**

Оптовая торговля бумажно-беловыми
и канцелярскими товарами для школы и офиса «Канц-Эксмо»:
Компания «Канц-Эксмо»: 142702, Московская обл., Ленинский р-н, г. Видное-2,
Белокаменное ш., д. 1, а/я 5. Тел./факс: +7 (495) 745-28-87 (многоканальный).
e-mail: **kanc@eksmo-sale.ru**, сайт: **www.kanc-eksmo.ru**

Филиал «Торгового Дома «Эксмо» в Нижнем Новгороде
Адрес: 603094, г. Нижний Новгород, улица Карпинского, д. 29, бизнес-парк «Грин Плаза»
Телефон: +7 (831) 216-15-91 (92, 93, 94).　**E-mail:** reception@eksmonn.ru

Филиал ООО «Издательство «Эксмо» в г. Санкт-Петербурге
Адрес: 192029, г. Санкт-Петербург, пр. Обуховской обороны, д. 84, лит. «Е»
Телефон: +7 (812) 365-46-03 / 04.　**E-mail:** server@szko.ru

Филиал ООО «Издательство «Эксмо» в г. Екатеринбурге
Адрес: 620024, г. Екатеринбург, ул. Новинская, д. 2щ
Телефон: +7 (343) 272-72-01 (02/03/04/05/06/08)

Филиал ООО «Издательство «Эксмо» в г. Самаре
Адрес: 443052, г. Самара, пр-т Кирова, д. 75/1, лит. «Е»
Телефон: +7 (846) 207-55-50.　**E-mail:** RDC-samara@mail.ru

Филиал ООО «Издательство «Эксмо» в г. Ростове-на-Дону
Адрес: 344023, г. Ростов-на-Дону, ул. Страны Советов, 44А
Телефон: +7(863) 303-62-10.　**E-mail:** info@rnd.eksmo.ru

Филиал ООО «Издательство «Эксмо» в г. Новосибирске
Адрес: 630015, г. Новосибирск, Комбинатский пер., д. 3
Телефон: +7(383) 289-91-42.　E-mail: eksmo-nsk@yandex.ru

Обособленное подразделение в г. Хабаровске
Фактический адрес: 680000, г. Хабаровск, ул. Фрунзе, 22, оф. 703
Почтовый адрес: 680020, г. Хабаровск, А/Я 1006.
Телефон: (4212) 910-120, 910-211.　**E-mail:** eksmo-khv@mail.ru

Филиал ООО «Издательство «Эксмо» в г. Тюмени
Центр оптово-розничных продаж Cash&Carry в г. Тюмени
Адрес: 625022, г. Тюмень, ул. Пермякова, 1а, 2 этаж. ТЦ «Перестрой-ка»
Ежедневно с 9.00 до 20.00. Телефон: 8 (3452) 21-53-96

Республика Беларусь: ООО «ЭКСМО АСТ Си энд Си»
Центр оптово-розничных продаж Cash&Carry в г. Минске
Адрес: 220014, Республика Беларусь, г. Минск, проспект Жукова, 44, пом. 1-17, ТЦ «Outleto»
Телефон: +375 17 251-40-23; +375 44 581-81-92
Режим работы: с 10.00 до 22.00.　**E-mail:** exmoast@yandex.by

Казахстан: «РДЦ Алматы»
Адрес: 050039, г. Алматы, ул. Домбровского, 3А
Телефон: +7 (727) 251-58-12, 251-59-90 (91,92,99). E-mail: RDC-Almaty@eksmo.kz

Украина: ООО «Форс Украина»
Адрес: 04073, г. Киев, ул. Вербовая, 17а
Телефон: +38 (044) 290-99-44, (067) 536-33-22. **E-mail:** sales@forsukraine.com

Полный ассортимент продукции ООО «Издательство «Эксмо» можно приобрести в книжных
магазинах **«Читай-город»** и заказать в интернет-магазине: www.chitai-gorod.ru.
Телефон единой справочной службы: 8 (800) 444-8-444. Звонок по России бесплатный.

Интернет-магазин «Издательство «Эксмо»
www.book24.ru
Розничная продажа книг с доставкой по всему миру.
Тел.: +7 (495) 745-89-14. E-mail: imarket@eksmo-sale.ru

ISBN 978-5-04-159461-9

9 785041 594619 >

— Как?! — ошеломленно спросил Димов. — Кто убил?!

— Один из заключенных. Администрация колонии заказала зэкам изготовить пальму в честь юбилея какой-то важной «шишки». Вот он эту пальму тайком вынес из мастерской и заколол ею Сазана.

Владлен встал и прошелся по кабинету, тихо проговаривая:

— Гора не прощает никого. Она неизбежно карает того, кто нарушит ее волю.

* * *

Минуло несколько лет. Владлен все реже и реже вспоминал про Чочур-Муран, ни разу не посещал гору, дабы не всполошить ее вновь, не навлечь нежданно-негаданно какую-либо неприятность. «Черт его знает, может, появление там видавшего виды сыщика, как магнит притягивающего к себе неожиданные напасти, снова запустит какие-то процессы, не объяснимые никем и ничем», — думал он, осознавая нелепость своих суждений, но продолжая верить в такую нелепость.

Однажды ранним утром, сидя в кабинете, Владлен изучал сводку происшествий за сутки и обратил внимание на дорожно-транспортное происшествие: «20 июня текущего года примерно в 23 часа 30 минут, двигаясь по Покровскому тракту на своей автомашине, не справившись с управлением, совершил опрокидывание транспортного средства гражданин Герасимов Игорь Анатольевич, 1975 года рождения. От полученных травм водитель скончался на месте».

«Двадцатого июня... Это же день убийства Алексеева и Попова! Теперь все мертвы: четверо потерпевших и пять преступников. Девять жизней — не слишком ли много для одной горы? Чочур-Муран, успокойся на годы, уйми свою немилость, ты утолила жажду мести сполна... А Герасимова ты все-таки не пощадила...» — думал он с грустью в сердце, глядя в окно на просыпающийся город.

Оглавление

Литературно-художественное издание

ДЕТЕКТИВ-РЕКОНСТРУКЦИЯ. НАПИСАН ОФИЦЕРОМ ПОЛИЦИИ

Егоров Виталий Михайлович
ПРОКЛЯТАЯ ГОРА

Ответственный редактор *А. Дышев*
Художественный редактор *Д. Сазонов*
Технический редактор *И. Гришина*
Компьютерная верстка *Г. Сениной*
Корректор *Е. Дмитриева*

Страна происхождения: Российская Федерация
Шығарылған елі: Ресей Федерациясы

ООО «Издательство «Эксмо»
123308, Россия, город Москва, улица Зорге, дом 1, строение 1, этаж 20, каб. 2013.
Тел.: 8 (495) 411-68-86.
Home page: www.eksmo.ru E-mail: info@eksmo.ru
Өндіруші: «ЭКСМО» АҚБ Баспасы,
123308, Ресей, қала Мәскеу, Зорге көшесі, 1 үй, 1 ғимарат, 1 үй, 1 ғимарат, 20 қабат, офис 2013 ж.
Тел.: 8 (495) 411-68-86.
Home page: www.eksmo.ru E-mail: info@eksmo.ru
Тауар белгісі: «Эксмо»
Интернет-магазин : www.book24.ru
Интернет-магазин : www.book24.kz
Интернет-дукен : www.book24.kz
Импортёр в Республику Казахстан ТОО «РДЦ-Алматы».
Қазақстан Республикасындағы импорттаушы «РДЦ-Алматы» ЖШС.
Дистрибьютор и представитель по приему претензий на продукцию,
в Республике Казахстан: ТОО «РДЦ-Алматы»
Қазақстан Республикасында дистрибьютор және өнім бойынша арыз-талаптарды
қабылдаушының өкілі «РДЦ-Алматы» ЖШС,
Алматы қ., Домбровский көш., 3«а», литер Б, офис 1.
Тел.: 8 (727) 251-59-90/91/92; E-mail: RDC-Almaty@eksmo.kz
Өнімнің жарамдылық мерзімі шектелмеген.
Сертификация туралы ақпарат сайтта: www.eksmo.ru/certification

Сведения о подтверждении соответствия издания согласно законодательству РФ
о техническом регулировании можно получить на сайте Издательства «Эксмо»
www.eksmo.ru/certification
Өндірген мемлекет: Ресей. Сертификация қарастырылмаған

Дата изготовления / Подписано в печать 12.01.2022. Формат 70x100 $^1/_{32}$.
Гарнитура Newton. Печать офсетная. Усл. печ. л. 11,67.
Тираж 3 000 экз. Заказ 6999.

Отпечатано с электронных носителей издательства.
ОАО "Тверской полиграфический комбинат". 170024, Россия, г. Тверь, пр-т Ленина, 5.
Телефон: (4822) 44-52-03, 44-50-34, Телефон/факс: (4822)44-42-15
Home page - www.tverpk.ru Электронная почта (E-mail) - sales@tverpk.ru

16+